AF395424

Spionen Richard Sorges trettonde bekännelse

KENNETH WILSON

Spionen Richard Sorges trettonde bekännelse

FSC
www.fsc.org
MIX
Papper från
ansvarsfulla källor
Paper from
responsible sources
FSC® C105338

© Kenneth Wilson 2023
Förlag: BoD – Books on Demand, Stockholm, Sverige
Tryck: BoD – Books on Demand, Norderstedt, Tyskland
Omslagsbilden: Bilden hämtad från Hillier, J. (1955). Hokusai-
Paintings, drawings and woodcuts. PhaidonPress.
Foto: ST. Joseph College skolkatalog 1953
ISBN: 978-91-8057-339-9

FÖRORD

Min farfar, Fredrik Wahlgren, född i Genarp i Skåne 1851, angliserade sitt efternamn till Wilson, efter en tid som sjökapten i den brittiska handelsflottan. Han emigrerade till Japan 1882 och gifte sig med en japanska, Naka Yamazaki. De fick sju barn och den siste i barnkullen var min pappa. Farfar behöll sitt svenska medborgarskap i hela sitt liv.

Under andra världskriget bodde mina föräldrar och mina syskon i Japan. Jag var då ännu inte född. När Japan anföll Pearl Harbor och USA förklarade krig mot Japan, bestämde sig familjen att flytta till Sverige. Genom olika missöden hann familjen inte med fartyget som skulle evakuera utländska medborgare. Senare fick mina föräldrar reda på att båten, som de skulle ha åkt med, sänktes utanför Manillas kust. Min familj blev kvar i Japan och tillhörde de få svenskar som bodde i Japan under kriget.

Familjen hade sitt hem i stadsdelen Ōmori i Tokyo, men tvingades flytta eftersom huset blev konfiskerat av japanska myndigheter. Husen hyrdes sedan ut till prominenta utländska medborgare, de flesta var tyskar, som samarbetade med den japanska regeringen.

Under några år i början av fyrtiotalet flyttade anställda vid den tyska ambassaden in i vårt hus. En av dem var kontraspionen Richard Sorge, som då, under täckmantel, arbetade som journalist vid ambassaden. 1941 blev han avslöjad som rysk spion, dömdes och satt i Sugamo-fängelset i Tokyo fram till sin avrättning 1944.

När mina föräldrars hus blev konfiskerat lyckades de med hjälp av japanska vänner få tag i ett hus i Kyoto. Eftersom Sverige betraktades som ett neutralt land och min familj var svenska medborgare undkom de myndigheternas trakasserier mot västerländska medborgare.

Det var först 1946, efter rättsliga tvister, som min familj kunde flytta tillbaka till huset i Ōmori. Vi bodde i Japan fram till 1953, då vi flyttade till Sverige.

Min roman är en fiktiv berättelse om spionen Richard Sorge. Vad hade hänt om han hade fått en son med Hanako, en japansk kvinna, som han i verkligheten hade ett förhållande med?

När jag skrev romanen fanns i bakgrunden reminiscenser från samtal jag hörde under min uppväxt mellan mina föräldrar och syskon. Jag minns att namnet 'Sorge' ofta förekom i konversationerna. Då förstod jag inte vem han var. Det var senare när jag var i tjugoårsåldern som jag intresserade mig för spionens öde.

Namn på platser och institutioner som nämns i boken är förknippade med mitt eget liv. Ōwakudani i Hakone med dess varma källor, Oshima och vulkanen Miharayama. Dessa platser, som jag besökte tillsammans med min pappa väcker starka minnen. Jag minns även Karuizawa, där vi brukade tillbringa några sommarveckor varje år. Fortfarande kan jag i mitt inre höra det friska ljudet av en porlande bäck utanför huset vi hyrde. Yokohama och stadsdelen Yamate och mitt första skolår i Saint Joseph College hör även till mina barndomsminnen.

13 SEPTEMBER 1941

1

Det var tidigt på morgonen lördagen den trettonde september och stadsdelen Toranomon i Tokyo låg öde och tyst. En svag vind blåste över de stumma gatorna och asfalten blänkte av regn. Den stora klockan på den sydmanchuriska järnvägens huvudkontor visade sju minuter i tre. Stillheten klövs av ljudet från en motorcykel, som vrålade förbi amerikanska ambassaden. Föraren såg för sent att vägen krökte sig, gjorde en häftig gir åt höger men lyckades inte styra motorcykeln utan slirade mot en vattenpost. Han kastades framåt, medan motorcykeln fortsatte och kraschade mot en husvägg.

De båda konstaplarna Osawa och Matsumoto hade avslutat sina kvällspass och var på väg hem då de hörde den kraftiga smällen och försökte lokalisera varifrån ljudet kommit ifrån. De sprang i riktning mot järnvägsspåret och fick syn på en omkullvält motorcykel. I skenet från strålkastarna upptäckte de en man som låg framstupa i rännstenen i en förvriden ställning.

Medan Osawa sprang till amerikanska ambassaden för att hämta hjälp, gick Matsumoto fram till mannen och vände på honom och upptäckte att det var en västerlänning. Han var blodig i ansiktet och ett svagt rosslande hördes. Konstapeln lutade sig fram för att höra vad mannen försökte säga:

– Biederman… hämta Biederman, jag måste prata med fader Biederman.

– Kan du säga ditt namn, sa Matsumoto.

– Richard Sorge… ring Biederman, 59–0267.

Efter en stund kom konstapel Osawa tillbaka tillsammans med en läkare, som gav första hjälpen åt mannen, som blödde ymnigt från ett sår i huvudet. Tio minuter senare kom ambulansen och körde Richard Sorge till S:t Lukas internationella sjukhus, där sjukhuspersonalen tog in honom på akutmottagningen. Patienten placerades i ett undersökningsrum intill operationssalen i väntan på att läkarna skulle avsluta en pågående operation.

Taxin stod och väntade med motorn igång när Biederman tvärvände, sprang in i huset, tog på sig prästkragen och rusade åter ut. Han steg in i bilen och sa:

– S:t Lukas internationella sjukhus och det är bråttom.

Taxin stannade med en tvärnit utanför sjukhuset och Biederman störtade in i entrén och letade sig fram till receptionen och frågade efter Richard Sorge. Personalen avvisade honom och sa att inga utomstående fick komma in i akutmottagningen. När han tog av sig rocken och kvinnan i receptionen fick se prästkragen, kallade hon på en sjuksköterska, som visade honom in i en lång korridor, som luktade svagt av eter. Hon gick före, stannade framför en glasdörr och sa:

– Er vän ska opereras, ni har inte många minuter på er.

Då Richard Sorge fick se sin vän försökte han resa sig upp men sjönk ihop. Han nickade med huvudet mot sina blodiga kläder, som hängde över en stol.

– I kavajfickan... pappersbunten... ta dem... lämna dem till Max Clausen... Café Conga, Suzuran Boulevard... nycklarna till huset ligger i byxorna.

Biederman stoppade ett hopvikt pappersark i kavajfickan och letade efter nycklarna, sedan gick han fram till Sorge.

– Oroa dig inte, det ordnar sig, jag ska hjälpa dig.

– Rensa mitt skrivbord... ta alla anteckningsböcker, lägg dem i en portfölj... ta allt hem till dig... jag förklarar senare.

Han kippade efter luft och hostade blod. I nästa ögonblick kom två sköterskor och hämtade Sorge till operationssalen.

Biederman gick ut i natten och beslöt att genast åka hem till Sorge för att ordna det som han bett honom att göra. Sorge hade flyttat och bytt hus åtskilliga gånger och till slut hade han blivit erbjuden ett konfiskerat hus i stadsdelen Azabu. Sedan Japan ingått en pakt med Hitler hade japanska myndigheter börjat konfiskera västerländska hus, för att hyra ut dessa till tyska medborgare som anlänt till Japan.

Han promenerade längs avenyn i riktning mot en järnvägsstation och fick syn på en ledig taxi som han hejdade. Biederman satte sig i baksätet och sa:

– Kör till Nagasaka-cho och släpp av mig i närheten av polisstationen.

– Toriizaka polisstation?

– Ja, kör till polisstationen så hittar jag själv.

En kvart senare klev han ur taxin, betalade chauffören och gick in i en trång sidogata och stannade framför porten till huset Sorge hyrde.

Väl inne i huset gick han upp till andra våningen, steg in i arbetsrummet och möttes av gammal inpyrd cigarettrök och tomma whiskyflaskor slängda i ett hörn av rummet. Tidningshögar låg på golvet och på spiselkransen fanns mängder av böcker uppstaplade. Han hittade en portfölj, stoppade ner samtliga anteckningsböcker på skrivbordet och beslöt att lämna huset så fort som möjligt.

4 OKTOBER 1941

2

Ginza på kvällen. Myller av trötta människor på väg hem och det surrande mumlet från många röster. Fladdrande ljusglimtar från spruckna neonskyltar, dofter från restauranger och ångande nudelstånd, blandat med bensinångor från taxibilarna. Unga flickor uppradade framför de öppna barerna och hallickar spanande efter hungriga lystna män.

Richard Sorge haltade fram längs avenyn och för varje steg grimaserade han. Höftskadan från motorcykelolyckan hade inte läkt och granatsplittret i det andra benet gjorde sig påmint, »jävla Flandern, vad hade jag där att göra, det är tacken för att jag försvarade mitt fosterland« sa han till sig själv. Medan han letade efter sidogatan där hans vän bodde tänkte han på vänskapen dem emellan. Han hade lärt känna Biederman vid de otaliga ambassadörsmiddagar han bevistat under de år han bott i Japan och allteftersom hade ett vänskapsband knutits mellan de båda männen. Båda talade engelska flytande och eftersom de rörde sig bland tysktalande beslöt de att konversera på engelska. På så sätt kunde de tala fritt eftersom de flesta tyskar, stationerade i Japan, behärskade engelskan dåligt.

Sorge hade träffat en präst som kunde föra en diskussion om livsfrågor utan att blanda in kvalmigt religiöst svammel. Biederman hade ett knivskarpt intellekt och förde ett samtal på en annan nivå, som han inte mött hos andra präster. Dessutom visade det sig att båda var jazzentusiaster.

Han kom ihåg att Biederman hade sagt att där pilträdplanteringen tog slut skulle han svänga in på höger sidogata. Efter en stund stod han framför ett mindre hus i omålat trä, vilande på bjälkar ovanpå stora stenblock.

– Välkommen in, roligt att se dig på benen.

– Sorge överlämnade ett paket till Biederman.

– Varsågod! En present som tack för hjälpen. Det är bra att kunna utnyttja kontakten på ambassaden.

– Tack, jag anar vad det är i paketet. Menar du ambassadören Ott?

– Ja, han kom tillbaka från Düsseldorf och hade med sig grammofonskivor jag beställt.

– Fantastiskt, välkommen in.

Biederman tog fram en flaska cognac och ställde den på bordet.

– Vi måste fira att du är återställd.

– Jag vill ännu en gång tacka dig. Max Clausen hade fått pappersbunten. Du undrar säkert varför det var viktigt att rensa mitt skrivbord. Du har rätt att få veta vad jag är involverad i.

– Du behöver inte säga någonting, jag litar på dig vad du än håller på med.

Biederman gick fram till ett arkivskåp, öppnade det, tog ut anteckningsböckerna och portföljen och gav dem till Sorge.

– Du vet att jag avskyr Hitler. Det är min moraliska plikt att bekämpa hans tyranni, sa Sorge.

– Jag lämnade Tyskland av samma skäl som du.

– Visst, men du arbetar inte aktivt med att krossa den totalitära ondskan. Nu skall jag avslöja min hemlighet. Jag leder en grupp som bekämpar nazismen. Du har redan träffat några i nätverket. Minns du middagen hemma hos mig i somras med mina närmaste vänner? Branko Vukelic, hans fru Yoshiko, journalisten Ozaki Hotsumi och konstnären Miyagi. Förutom Yoshiko, ingår alla i gruppen.

Biederman hällde upp mer cognac i glasen och sa:
- Ju mindre jag vet desto bättre, uppriktigt talat lägger
  jag mig inte i vad du håller på med. Låt oss tala om nå-
  gonting annat.
  Biederman öppnade paketet, tog fram grammofon-
  skivorna och granskade dem.
- Django Reinhardt, Billie Holiday, Bunny Berigan och
  Fletcher Henderson, mina stora idoler. Hur fick du tag
  i dessa plattor?
- Ott kände chefen för muséet i Düsseldorf, som ordnade
  utställningen om konst som demoraliserar människor,
  bland annat jazzmusik, i synnerhet svarta musiker. Am-
  bassadören passade på att lägga beslag på några skivor.
- Entartete Kunst, hahaha, jag längtar att bli demorali-
  serad, sa Biederman.
  Biederman öppnade locket till grammofonen och lade
på en skiva. Medan de lyssnade på Limehouse blues sa
Sorge:
- Att påstå att Django Reinhardt skulle ha en negativ in-
  verkan på oss, det säger allt om dessa människor.
- Jag kom att tänka på Shakespeares 'Köpmannen i Vene-
  dig', där Lorenzo förklarar för köpmannens dotter att
  den som inte berörs av sköna toner är böjd för svek och
  förräderi, sa Biederman.
- Passar exakt in på Führern och hans anhang, sa Sorge.
- Vi vet vilka människor vi har att göra med, därför måste
  vi vara försiktiga, sa Biederman.
  Sorge fyllde på glaset med mer cognac, nickade till Bie-
derman, som gjorde en gest att han var nöjd.
- Hur har galningen lyckats dupera en hel nation, sa Sorge.
- Ändå tjänstgör du på tyska ambassaden?
Sorge lutade sig bakåt och satte sig till rätta i fåtöljen.
- Har du inte förstått? Jag vill inte att du skall veta allt om
  mig. Inte för att jag inte litar på dig utan för ditt eget bästa.
- Vad du än har för motiv, kommer jag att betrakta dig

som min vän. Nu lyssnar vi på 'Sugar Foot Stomp'. Lyssna på slutet när Coleman Hawkins kommer igång med solot.

– 'Oh, play that thing', det är även mitt favoritsolo, sa Sorge. Medan Biederman satte skivan på skivtallriken tog Sorge en stor klunk av cognacen.

– Hur kom det sig att du blev präst?

Biederman berättade att det inte var av övertygelse han blivit präst. Han kände sig mer eller mindre tvungen att föra traditionen vidare inom familjen. De flesta i släkten hade varit präster i Tysklands evangeliska kyrka. Han läste teologi i Tübingen och blev kurskamrat med Dietrich Bonhoeffer, som var aktiv motståndare till nazismen.

– Efter prästvigningen funderade jag på att fly från Tyskland. Bonhoeffer kände amiral Canaris, som gav oss utrikesdepartementets särskilda kurirlegitimation för en resa till Sverige. Det var på denna resa som jag flydde till Rom. Jag konverterade till katolicismen och fick ett erbjudande om en tjänst i Japan.

– Hur gick det för Bonhoeffer?

– Jag fick ett brev från honom nyligen. Det är endast en tidsfråga innan Gestapo griper honom.

Han berättade vidare om lärartjänsten vid Saint Joseph College i Yokohama. Det passade honom utmärkt eftersom han ville komma så långt bort från Tyskland som möjligt och börja om från början och glömma det förflutna.

Sorge satte sig tillrätta och tömde cognacglaset.

– Jag har många gånger tänkt fråga dig om en sak, tror du på Katolska kyrkans lära?

– Hade du ställt den frågan för tjugo år sedan hade jag kunnat ge dig ett svar.

– Hur menar du?

– Jag är inte säker på någonting längre. Dogmerna har jag övergett, men tron på någonting högre, någonting andligt har alltid intresserat mig. Jag är åter tillbaka till

min ungdoms grubblerier. Dock tror jag fortfarande på
människans behov av att bekänna sina tillkortakom-
mande.
– Menar du att bekänna sina synder?
– Jag är försiktig med att använda ordet 'synd', eftersom
det är vidhäftat med massa associationer. Vi är alla del
av mänsklighetens skröplighet, svaga och osäkra, stän-
digt på jakt efter fast mark att stå på.
– Jag håller med dig om vårt behov att lätta sitt hjärta för
någon vi litar på. Jag är inte troende, 'synd' är ett alltför
snävt ord, hellre felsteg i livet som drabbat oss andra
i ens närhet. Du är den ende som jag anförtrott mina
innersta tankar åt.
Biederman reste sig upp och hämtade cigarrlådan och
bjöd Sorge ur den. När de tänt varsin cigarr sa han:
– Genom alla själavårdssamtal jag haft har jag kommit
fram till att en människa under sin livstid har minst
tolv synder, som hon är i behov av att bekänna för nå-
gon hon litar på. Sådant som hon behållit för sig själv
och gömt undan i hjärtats mörkaste vrå. Hon hoppas att
dessa onda handlingar ska blekna och försvinna, kan-
ske försöker hon övertyga sig om att synderna inte hade
begåtts. Så plötsligt en dag kan, ett tillsynes oskyldigt
förfluget ord, locka fram hemligheten om ens synder
ur hjärtats skrymslen, som leder till att hon inte orkar
bära på hemligheten längre.
När Biederman slutat prata satt Sorge blickstilla och tit-
tade stint på vännen, därefter sa Sorge:
– Jag tror inte på någon högre makts välsignelse eller för-
låtelse, däremot tror jag på vårt behov av en inre frid.
Tyvärr har jag inte funnit frid i mitt hjärta. Jag bär på
hemligheter och har begått handlingar, som jag behål-
lit för mig själv.
Båda satt tysta en stund, det var Sorge som bröt tystnaden,
han tittade på klockan och sa:

– Jag måste bryta upp, jag har lovat att träffa Hanako på restaurang Lohmeyer, det är trots allt min födelsedag idag.

– Vad är det du säger och här kommer du med en present till mig. Jag får gratulera.

– Tack, du har gjort tillräckligt för mig.

– Jag hoppas vi ses snart.

Sorge gick ut i entrén, vände sig om och Biederman lade märke till hans sorgsna blick.

– Jag är rädd att det kommer dröja innan vi kan träffas.

4 OKTOBER 1941

3

Hanako satte sig vid restaurangens stora panora-mafönster och tittade ut över människorna som gick längs avenyn. Mittemot såg hon den tyska baren Rheingold. Hon hade arbetat där som barflicka i tre år och det var där hon hade träffat Richard Sorge. Sent en kväll, innan stängningsdags, hade han berusad och högljudd kommit in och försökt köpa en flaska whisky. Den tyske ägaren, Helmut Ketel, hade nekat Sorge och sagt till honom att gå hem. Det uppstod bråk och Sorge blev knockad och låg utslagen på golvet. Hanako beslöt att hjälpa honom hem till hans bostad. Det blev för sent för henne att gå hem, därför stannade hon kvar till morgonen. När Sorge vaknade mindes han knappt vad som hade hänt kvällen innan, men han var tacksam när Hanako berättade att hon hjälpt honom hem. Det var så deras vänskap började. Hon kände till Sorges otaliga kvinnoaffärer och först accepterade hon hans förhållande till olika kvinnor. Till slut hade hon ställt ett ultimatum, antingen fick han sluta träffa andra kvinnor eller så skulle hon inte längre fortsätta vara hans kvinna. Sorge lovade att han skulle sluta med kvinnoaffärerna men Hanako litade inte på honom.

Hanako höll utsikt efter Richard Sorge och i folkvimlet på avenyn var det inte svårt att upptäcka honom, eftersom han var huvudet längre än de flesta japaner. När han kom in i restaurangen reste sig Hanako och kramade honom.

– Grattis på födelsedagen, vet du att det är exakt tre år sedan vi träffades på Rheingold, sa hon.

Richard Sorge hade blivit mer försiktig då han rörde sig

bland människor. Så fort han hade kommit in i restaurangen hade han snabbt tittat in i salongen och upptäckt några poliser som han kände igen.

– Vi måste vara försiktiga, titta inte nu, det sitter några från säkerhetspolisen längst bort till höger, sa han och ledde Hanako till deras bord.

– Jag känner igen en av poliserna, han var med vid förhöret på polisstationen, sa Hanako.

Säkerhetspolisen hade fört Hanako till polisstationen i Toriizaka för att förhöras om Sorge och de hade försökt förmå henne under hot att lämna honom men hon hade vägrat.

– Har polisen besökt dig fler gånger under sommaren?

– De kom tillbaka en gång och försökte återigen övertala mig att lämna dig.

Hon berättade att de märkte att de inte kom någon vart med henne och ändrade taktik. De hade sagt att ifall hon bröt med Sorge kunde hon få finansiell ersättning, såsom många andra kvinnor gjort när de skiljde sig från män från utlandet.

– De märkte att jag inte var intresserad av pengar och gav upp. Det slutade med att jag fick fylla i ett formulär med massa frågor om mitt förhållande med dig.

– Lämnade de dig i fred?

– Det konstiga var att en dag dök högste chefen för säkerhetstjänsten upp hemma hos mig och sa att jag inte längre hade några restriktioner att träffa dig. För att visa att han menade allvar tog han fram rapporten om mig och brände allt i kolelden.

Sorge förstod att detta inte var några goda nyheter. Tvärtom, när säkerhetstjänsten ändrade taktik betydde det endast en sak: de misstänkte på allvar vad han höll på med, men detta sa han inte till Hanako.

– De förhörde mig och frågade vilka du umgicks med och om jag träffat dina vänner. Jag vet ingenting om dig, du

har heller inte berättat någonting om dig själv. Har det
med att du arbetar på tyska ambassaden att göra?
– Så kan det vara, de vill veta mer om tyskarna här i To-
kyo. Ju mindre du vet, desto säkrare är du, det är för din
säkerhet jag inte berättar någonting för dig.
– Du arbetar för tyskarna, Tyskland och Japan är vänner,
så mycket har jag förstått, så vad är det de vill veta?
Han svarade inte på frågan utan log mot henne, ögnade
igenom menyn och med en yvig gest kallade han på ky-
paren. Under tiden som de väntade på maten sa Hanako
att hon hade haft kontakt med sin bror som var insatt i
politik. Sorge var nyfiken på vad gemene man tyckte om
världsläget.
– Vad anser din bror om den frostiga relationen mellan
USA och Japan?
– Han tror inte att Japan kommer backa, ambassadör
Nomura är en skicklig förhandlare. Han trodde att det
blir krig mellan de båda länderna. Jag hoppas han har
fel.
– Dessvärre tror jag att han har rätt och att Japan kommer
att förlora.
Ifall det värsta skulle inträffa att han och spionringen
skulle gripas av säkerhetspolisen ville han hålla Hanako
utanför det hela. Branco Vukelic, en medlem i gruppen,
hade en japansk fru, som umgicks med Hanako. När ky-
paren återvände och serverade dem maten sa han:
– Du kanske inte ska träffa Yoshiko så ofta. Hennes man
Branco är också under polisens lupp.
– Har det med att ni båda är utländska medborgare?
– Det är möjligt, i vilket fall som helst är det inte bra att du
bor hos mig. Japanska myndigheter vill inte att japaner
umgås med utlänningar, särskilt då det gäller kvinnor.
Med tårar i ögonen sänkte Hanako blicken och tittade ut
genom fönstret. Hon var tyst i flera minuter, sedan sa hon:

– Jag har någonting viktigt att säga dig. Jag hoppas att du
inte blir besviken.
– Vad är det Hanako?
– Jag bär på ett barn och jag vet att du är far till barnet.
Sorge stelnade till, satt orörlig och stirrade på Hanako,
därpå sa han:
– Folk kommer att få reda på vem som är far till barnet
och du kommer att få lida för det. Mitt namn kommer
att väcka avsky och alla kommer att vända sig bort från
dig. Tänk på barnet som kommer att växa upp utan vän-
ner och möta en sådan mörk framtid.
När de hade kommit ut på gatan hade neonljusen tänts
och avenyn var fylld av människor. Några som passerade
dem visade öppet sitt förakt inför en japanska som var till-
sammans med en gaijin. Hanako väntade på att han skulle
stanna en taxi så att de kunde fortsätta fira födelsedagen
hemma hos honom. Istället sa han:
– Jag tror inte vi ska vara tillsammans mer ikväll, du
märkte att polisen bevakade mig.
Sorge stoppade en taxi och sa:
– Åk hem till din familj, så kontaktar jag dig om några
dagar. Du kommer inte att känna dig ensam tillsam-
mans med din mamma.
– Känner du dig inte ensam? Inte ska du vara utan säll-
skap på din födelsedag?
– Det spelar ingen roll om jag känner mig ensam eller
inte, hoppa in i taxin, jag måste till telegrambyrån och
skicka in en tidningsartikel.
Han gav taxichauffören några sedlar och gav ett tecken
att köra. Hanako vevade ner rutan och skulle säga någon-
ting men Sorge hade vänt sig om och taxin försvann in i
mörkret. Han kände ett styng i hjärtat och det smärtade
att tänka på hur illa han burit sig åt mot Hanako. Det var
för hennes bästa och han hade inget val.
Han ansträngde sig att gå fort fast det värkte i benen för

varje steg han tog. Till slut orkade han inte längre utan stoppade en taxi och bad chauffören att köra till tyska ambassaden i Nagasaka-cho, där ambassadör Eugen Ott hade ordnat ett födelsekalas för honom.

Richard Sorge möttes av stoj och höga röster då han kom in i ambassadens entré och en betjänt tog emot överrocken. Han fortsatte in i salongen och hälsades med applåder och förtjusta kommentarer. Ambassadören reste sig och föreslog en skål för Richard Sorge och alla reste sig och gratulerade honom. Eugen Ott kom fram till Sorge och hälsade honom välkommen. Sorge verkade inte helt förtjust inför det hjärtliga mottagandet och utan några artighetsfraser frågade han:

– Har du sett till Eta?

– Tyvärr ringde hon återbud.

Utan att säga något rusade han ut från salongen, hämtade rocken i entrén, tog en blombukett från en vas, gick ut på gatan och hejdade en taxi, klev in och sa:

– Kör till Aoba-cho, Higashi-Murayama-shi, jag vet inte husnumret men jag känner igen huset.

Sorge hade lärt känna Eta Harich–Schneider några månader tidigare hemma hos ambassadören Ott. Hon var en känd tysk cembalist, inbjuden av Ott för att ge några konserter för den tyska kolonin i Tokyo. Hennes musikalitet och elegans gjorde djupt intryck och redan samma eftermiddag hade han erbjudit Eta en rundtur i staden. Trots att hon hade varit i Tokyo i två veckor hade värdparet inte visat något större intresse att guida henne runt i storstaden, därför tog hon tacksamt emot Sorges erbjudande.

Under rundturen hade han försökt få reda på så mycket som möjligt om henne, men hon var på sin vakt och lämnade knappt några upplysningar om sig själv. Det han fick reda på var att hon som ung varit gift och fött två döttrar men att äktenskapet inte hade varat länge. Hon hade studerat musik och var en väletablerad artist som hade haft konserter i de flesta av Europas större städer. Det som hon medvetet inte nämnt var att hon hade flytt från Tyskland på grund av det rådande tillståndet i hemlandet.

Under de följande veckorna hade de lärt känna varandra bättre och så småningom blivit ett par. I början tyckte Eta, med sin bakgrund som romersk katolik, att Sorge var en vulgär nihilist som inte höll någonting för heligt. Ju mer hon lärde känna honom desto mer steg han i hennes aktning. Under det hårda skal av nihilism han skyddade sig med mot omvärlden doldes en humanism som visade en helt annan sida. Hon jämförde honom med korrupta karriärister och slipade diplomater som dagligen bevistade ambassaden och då framstod Sorge som en riktig människa med fel och brister men också spontan och ärlig och det fanns inget ont hos honom.

Efter tjugo minuter vände sig chauffören om och frågade ifall de befann sig i rätt område.

– Det är bra, jag känner igen mig, stanna här.

Han överlämnade några sedlar och gick in i en gränd och stannade utanför ett västerländskt hus och knackade på ytterdörren.

Eta, en parant kvinna i fyrtioårsåldern, blev glatt överraskad och välkomnade honom med en kyss.

– Du föredrar mig hellre än Otts vänner? Jag ringde återbud eftersom jag fick reda på att Heinrich Huber skulle komma. Du vet att jag avskyr SS-män.

Under tiden Eta var i köket och hämtade en flaska vin, öste Sorge sitt hat över sällskapet som han nyss lämnat så abrupt. Hon återvände med en flaska avkyld Riesling och tände ett par ljusstakar och satte sig vid cembalon.

– Nu ska jag spela någonting lugnande för dig.

Hon spelade några sonater av Couperin och under tiden

satt han på golvet bredvid cembalon. När hon hade spelat färdigt strök han Eta över kinden och sa:

– Det var den bästa födelsedagspresenten idag. När jag kom hit kände jag mig långt över fyrtiosex år. I samma stund jag hör dig spela tänker jag inte på hur gammal jag är. Musiken gör underverk, är det därför du saknar rynkor kring ögonen?

Eta märkte att Sorge grimaserade av smärta då han flyttade på ena benet.

– Ska jag hämta en kudde? Det är inte bra att du sitter på golvet.

– Tack, det går bra. Det är högerbenet. Det gör förbaskat ont. Kejsar Vilhelm kapade två centimeter av mitt ben och som tröst gav han mig Järnkorset. Snälla, spela ett stycke till.

När Eta spelat klart reste hon sig och ledde Sorge in i sängkammaren. Hon klädde av sig och lade sig i sängen och sträckte armarna mot honom.

– Jag har längtat efter dig, kom.

Under tiden som han klädde av sig betraktade han Etas nakna kropp. Efter oräkneliga kvinnoaffärer hade han förbrukat alla känslor och blivit avtrubbad och mekaniskt lade han sig över henne.

Sedan de älskat med varandra sa hon till Richard:

– Är du snäll och tänder en cigarett åt mig?

Han sträckte sig efter kavajen som låg på golvet och fiskade upp två cigaretter, tände dem båda och räckte den ena till henne.

– Har du övergivit din lilla japanska väninna ikväll?

– Hon är bara mitt hemliga tidsfördriv.

– Och devushkan i Moskva?

– Du får gärna kalla henne vid namn, hon heter Katya och jag älskar henne.

– Förlåt, det var inte meningen att såra dig.

Han svarade inte utan reste sig upp ur sängen och klädde
på sig.

– Du behöver inte gå än, snälla stanna hos mig.

När Sorge var på väg ut ur sovrummet sa han:

– Jag måste hem och skriva klart en artikel till Frankfur-
ter Zeitung och imorgon skall jag träffa några vänner
hemma hos mig. Jag kommer och hämtar dig imorgon
kväll, var det klockan sju hemma hos Schröder?

5 OKTOBER 1941

4

Vid lunchtid kom Vukelic, Clausen och Miyagi hem till Richard Sorge för i efterhand fira hans födelsedag. Vukelic överlämnade en flaska vin, Clausen hade ägg med sig för att laga en omelett och Miyagi hade målat en tavla, som han räckte över till Sorge.

– Man tackar, här får jag livets viktigaste ingredienser, vin, mat och kultur. Så fint du återgett Karuizawa, min favoritplats i Japan.

Under lunchen diskuterade de kriget i Europa, Frankrikes kapitulation och ockupationen samt Tysklands möjlighet att inta Moskva. Efter maten bjöd Sorge på den bästa brandy han kunde finna på ambassaden. När gruppen skulle bryta upp sa Sorge att alla skulle vara försiktiga för han misstänkte att polisen var dem på spåren. Clausen ville vara kvar längre och föreslog att Sorge kunde öppna en ny brandyflaska.

– Jag måste skriva en artikel som måste bli klar idag, dessutom super jag inte med amatörer, sa Sorge.

De skrattade och i gemytlig anda lämnade alla huset. Samma eftermiddag blev Sorge klar med sin artikel för Frankfurter Zeitung om Japans skarpa protest till regeringarna i Storbritannien och Sovjet angående inskränkningar av diplomatiska privilegier för Japans ambassad i Teheran.

Senare på kvällen hämtade han Eta och de åkte hem till Schröder, en tysk korrespondent som ordnat ett födelsekalas för Sorge. Han var i sitt esse, ett salongslejon och charmör. Han dansade tango med Eta, improviserade en fandango tillsammans med frun till Rudolf Weise, chefen för tyska nyhetsbyrån. Senare på kvällen ursäktade sig Eta med att hon sovit dåligt och var trött och avvek från kalaset. Sorge stannade kvar, dansade och drack mängder av alkohol ända till småtimmarna.

6 OKTOBER 1941

Tidigt nästa morgon kom journalisten Ozaki Hotsumi, som inte kunnat vara med då gruppen firade Sorges födelsedag, hem till Sorge för att lämna en lägesrapport mellan USA och Japan. Sammanfattningen av hans rapportering var att förhandlingarna höll på att stranda. Japan var inte beredd att ge upp kontrollen över Kina, inte heller överge expansionen i Sydostasien. Sorge, som knappt sovit en blund efter nattens fest, gäspade och antecknade frenetiskt under samtalet. Ozaki tillade i slutet av konversationen att han kunde hämta ytterligare information om några dagar, därför ville han ha ett nytt möte.

– Vi kan träffas den trettonde oktober i den asiatiska restaurangen vid sydmanchuriska järnvägens huvudkontor, klockan ett, sa Sorge.

Varken Ozaki eller Sorge misstänkte att de aldrig mer skulle träffas. Senare på kvällen sammanfattade Sorge rapporten, som han fått av Ozaki och i den framkom tydligt att kriget mellan Japan och USA var oundvikligt.

7 OKTOBER 1941

Då Sorge skulle gå och lägga sig, kände han sig sjuk och vaknade flera gånger under natten med frossbrytningar. På morgonen orkade han inte gå upp. Han stirrade upp mot taket och en dov ångest smög sig över honom. Han skulle överlämna ett kåseri om japanska seder till det lokala nyhetsbladet Deutscher Dienst men bestämde att inte åka till ambassaden. Han tänkte på personerna som arbetade på tyska ambassaden och fick ett vredesutbrott:

– Tyska kolonin kan dra åt helvete, jag skiter fullständigt i de löjliga kåserierna.

Till slut tvingade han sig gå upp, vankade omkring i huset, febrig och illamående och längtade efter mänsklig gemenskap. Han ringde till Clausen och bad honom komma och sända en rapport till Moskva. Clausen blev förvånad att det var han som skulle komma hem till Sorge. I vanliga fall var det Sorge som kom hem till Clausen.

– Visst, jag kommer. Är det inte riskabelt att sända från dig, du påpekar ständigt att vi inte ska ta några risker. Det är du som är chefen och det är på ditt ansvar.

– Detta är inte ett normalläge, det är viktigt att vi får iväg rapporten, skynda dig hit.

Clausen hann knappt stänga ytterdörren innan Sorge störtade fram och sa:

– Sätt i gång och montera sändaren, vi har inte mycket tid på oss, under tiden ska jag chiffrera meddelandet.

Rapporten, som skulle sändas iväg, skulle bekräfta för Sovjetunionen att Japan inte hade för avsikt att attackera dem från öster – därmed kunde Sovjetunionen frigöra hundrasjuttio divisioner vid Mongoliets gränser mot Manchuriet och istället användas i Europa.

Clausen drog fram sändaren från portföljen, satte ihop metallrören, vecklade ut antennen, kopplade apparaten till elnätet och ställde in frekvensen. När det gröna lysröret lyste med fast sken kontrollerade han volt- och amperemätaren och till sist såg han till att morsenyckeln fungerade. Sorge gav den kodade rapporten till Clausen.

– Om exakt en minut skall du sända meddelandet, sa Sorge.

Under tystnad inväntade Clausen ett klartecken från Sorge.

– Femton sekunder kvar, sa Sorge och gjorde en gest med handen.

– Nu!

Clausen rörde lätt med fingrarna över morsenyckeln och morserade anropssignalen och därefter kopplade han över till mottagning. När han fått klartecken från mottagaren, skickade han meddelandet och omedelbart kom bekräftelsen. Sorge kunde känna sig lugn och Clausen andades ut.

10 OKTOBER 1941

Tidigt i gryningen stormade tre poliser in hos Miyagi och drog upp honom från futonen. Medan Miyagi tvingades klä på sig genomsökte poliserna huset efter dokument som kunde styrka spionage. Därefter blev han förd i handbojor till polishögkvarteret i Tokyo. Han utsattes för ett grymt förhör men vägrade svara på förhörsledarnas frågor.

Under ett obevakat ögonblick rusade Miyagi upp från stolen, sprang till det öppna fönstret och hoppade ut. Mirakulöst klarade han fallet från tredje våningen med ett brutet ben. Blödande och utan läkarhjälp fördes han tillbaka till förhörsrummet där förhöret fortsatte. När en polis stampade på det skadade benet orkade Miyagi inte längre stå emot och började avslöja detaljer om spionringen och dess medlemmar.

Då Miyagi nämnde namnet på en hög uppsatt japansk ämbetsman och en utländsk journalist vid tyska ambassaden, begrep Tokyopolisen att de kommit någonting stort på spåren och att en högre instans måste ta över ärendet.

De kontaktade Yoshikawa Mitsusada, en åklagare knuten till Tokyos högsta domstol. Det var ett känsligt ämne för den japanska säkerhetspolisen. Sorge var alltför betydelsefull för att gripas, eftersom de tysk-japanska relationerna kunde skadas. Efter noga övervägande bestämde de sig för att låta Sorge och Clausen vara fria tillsvidare.

13 OKTOBER 1941

Måndagen den trettonde oktober kom Ozaki till sydmanchuriska järnvägens huvudkontor. Han gick upp till sjätte våningen och ställde sig utanför den asiatiska restaurangen och väntade på att Sorge skulle dyka upp. Han väntade en halvtimme sedan gav han upp. Han skulle aldrig få reda på anledningen till varför Sorge inte infann sig till mötet. Sorges mentala och själsliga tillstånd var i obalans av flera orsaker, stora mängder alkohol, den ständiga ängslan att bli upptäckt för spionage, oron för Katya Maximova i Sovjet, den enda kvinna han älskat och fruktan för det som väntade honom i Moskva. Allt detta hade malt ner honom och förgiftat hans skarpa intelligens. Ett trivialt missförstånd från hans sida hade gjort att han förväxlat dagarna han skulle träffa Ozaki och Miyagi.

15 OKTOBER 1941

Ozaki hade ätit frukost och hade satt sig vid sitt skrivbord för att förbereda dagens uppgifter när han hörde trampet av tunga fötter och ljudet från höga mansröster ute i gången. Han hade en föraning om vilka männen var och reste sig från skrivbordet och gick ut till entrén och öppnade dörren.

Under ledning av kriminalkommissarie Takahashi Yoksuke trängde sig männen in i huset och arresterade Ozaki. Under tiden hade hustrun förskräckt bevittnat hela händelsen. Utan att kunna ta adjö av hustrun, fördes Ozaki i handbojor ut från huset och när han vände sig om såg han en glimt av sin gråtande hustru. Han fördes till polisstationen i Meguro, inte långt från hans hus. Under hot om tortyr insåg Ozaki att spelet var förlorat. Kring midnatt gav han upp och beslöt att avslöja allt.

18 OKTOBER 1941

Klockan var halv sex på morgonen och lamporna var släckta i åklagare Yoshikawa Mitsusadas arbetsrum. Han stod vid fönstret med en kikare och betraktade Sorges hus när en pälsklädd kvinna kom ut från huset och satte sig i en sportbil och körde iväg. När en av poliserna bakom åklagaren fick se bilen, råkade han av misstag tända ficklampan.

– Förlåt chefen, det är första gången jag får se en sådan fin Mercedes, därför blev jag fumlig.

– Idiot, tror du att du är ute på camping, förresten var det en Mercedes-Benz 840 K Special Roadster.

Åklagaren tittade åter genom kikaren och såg hur poliserna närmade sig huset och smög in i husets trädgård.

Ohashi Hideo, gruppbefäl och expert på rysk utrikespolitik, tecknade åt sergeant Sairo Harutsugi att ringa på dörren. Sergeanten hade förberett sig noga på det han skulle säga och när Sorge öppnade dörren sa han på knagglig tyska:

– God morgon, jag har kommit hit angående bilolyckan häromdagen.

Sorge såg oberörd ut och visade inga känslor. Han visade med ena handen in de tre männen in i entrén. Innan dörren slog igen dök Ohashi upp bakom poliserna och vrålade ut ordern:

– Grip honom, ni andra går upp på övervåningen och säkrar bevis.

En polis kastade sig över Sorge, vred armarna bakom hans rygg och ledde honom ut ur huset. Han gjorde inte motstånd utan följde med. En polis tog en ytterrock från taburetten i hallen, sprang i kapp dem och gav överrocken till Sorge. Gruppbefäl Ohashi beordrade två poliser att stanna kvar i huset.

I hällande regn gick hela sällskapet längs den trånga gränden tillbaka till Toriizaka polisstation. En polis öppnade porten och Sorge leddes upp till andra våningen in till åklagarens arbetsrum. Han placerades i en stol och mittemot satt de båda åklagarna. Den ene av dem vände sig till Sorge.

– Jag är åklagare Yoshikawa Mitsusada och detta är min kollega Ogata Shininichi.

– Varför är jag arresterad?

– Eftersom ni är misstänkt för spioneri för Sovjets räkning.

– Det är en absurd anklagelse. Jag är korrespondent för Frankfurter Zeitung. Är det olagligt att förmedla nyheter till min tidning?

Sorge försökte torka regnet ur ansiktet med händerna i bojor.

– Dessutom är jag informationschef på tyska ambassaden och jag vill poängtera att jag är medlem i nazistpartiet.

– Spionerar ni för Komintern?

– Jag har sagt att jag är nationalsocialist. Jag insisterar att ni ringer ambassadör Ott meddetsamma.

Ogata Shininichi, som hållit tyst hela tiden, sa:

– Ni är kommunist, inte nazist. En kommunist kan inte vara en nazist.

– Det är skandalöst. Ni anklagar en person från tyska ambassaden för spionage. Glöm inte att Tyskland och Japan är allierade. Denna incident kommer påverka relationen mellan våra länder.

De båda åklagarna viskade till varandra, Ogata Shininichi nickade instämmande åt kollegan och Yoshikawa Mitsusada sa:

– Vi återupptar vårt samtal imorgon. Ni kommer att föras till en cell och ni kommer att tillbringa natten där.

Innan Sorge hann säga någonting kom två poliser och föste honom bryskt ner till polishusets källare där han kroppsvisiterades innan han låstes in i cellen.

På morgonen kördes Sorge från Toriizaka polisstation till Sugamo-fängelset i Toshima, ett närliggande distrikt, nordväst om Tokyo.

Sorge tänkte att detta skulle reda ut sig och att tyska ambassaden skulle ordna att han skulle släppas. Men innerst inne visste han att han hade lika stor chans som en snöboll i helvetet att klara sig.

Sorge betraktade sitt nya hem. Två meter bred, tre meter i längd, tvättfat och rinnande toalett. Fönstret bestod av små rutor av frostat glas med en smal springa som luftintag. En tänd lampa i taket och ett titthål i dörren. Cellen skulle bli hans hem de följande tre åren.

5

Richard Sorge satt och skakade på cementgolvet och stirrade på en galge, som en tidigare dödsdömd fånge ristad in på det gråa, vittrade murbruket ovanför den smala britsen. Han hade svårt att urskilja konturerna efter den svåra misshandeln han blivit utsatt av Kempeitai, Tokyos beryktade poliskår, som tillfälligt övertagit förhören. Ryggen var våt och klibbig av pisksnärtorna och för att lindra smärtorna och hålla tankarna borta från det oundvikliga slutet försökte han tänka på Hanako och sin lille son. Han visste att han inte skulle få uppleva ett familjeliv och följa sin sons uppväxt. Vad spelar allt detta för roll, snart kommer jag att vara död, nedslängd i en okänd grav och sakta ruttna bort, tänkte han.

Tankarna stördes av att vakten öppnat celldörren.

– Ditt svin, res dig upp, du har besök.

När vakten släppt in besökaren dröjde han kvar och tryckte sig upp mot celldörren och försökte snappa upp någonting intressant. Han hade arbetat tillräckligt länge i fängelset för att veta att då en fånge fick besök av en präst, kunde man höra ett och annat av intresse, som man kunde få nytta av i framtiden. Han kände en kollega som lyckades tjuvlyssna ett samtal mellan en dödsdömd och en prelat och efter några månader körde han omkring med en ny Nissan. Vad det var för slags uppgifter han fått reda på talade han inte om för vaktkamraterna.

Sorge såg i halvmörkret konturerna av en reslig man och kände genast igen Biederman. Innan han greps av den japanska polisen hade han kontaktat sin vän och bett honom att se efter Hanako. När Sorge arresterades och sattes i fängelse hade Biederman i början besökt honom minst en gång i veckan. Sedan blev besöken färre och färre på grund av restriktioner från polismyndighetens sida. De hade kommit överens att om någonting nytt hänt som skulle påverka framtiden skulle Biederman bege sig till huset i Ōmori och besöka Hanako. Det var Hanako som först kontaktat Sorges gamle vän. Biederman och Sorge visste att de hade en begränsad tid att prata, därför hoppade de över de vanliga artighetsfraserna.

– Vi har längre tid på oss denna gång, jag mutade vakterna.

I cellen fanns inga möbler förutom sängen. Sorge visade med handen var Biederman kunde sitta och själv satte han sig på golvet.

– Hanako besökte mig och berättade att japanska säkerhetsmän kommit hem till henne och förhörde henne ytterligare. Sedan hade hon fått veta att det eventuellt skulle ske en fångutväxling mellan tyskar och ryssar. Hon bad mig undersöka om du skulle kunna finnas med vid utväxlingen. För att få det bekräftat ville hon att jag skulle kontakta tyska ambassaden, sa Biederman.

Sorge reste sig upp, höll upp ett pekfinger framför munnen och lyssnade. Sedan visade han med handen att de skulle sänka rösten.

– När jag kom till tyska ambassaden var de först förtegna och ville inte yppa någonting om någon fångutväxling. Då jag frågade efter min gamle vän Oskar Trautman, öppnades alla dörrar. Oskar berättade att överste Saburo Thamichi underrättat ambassaden om att de under inga omständigheter skulle gå med på att släppa dig och att dina dagar var räknade, sa Biederman.

– Jag hade inte räknat med att japanerna skulle frige mig. Nämnde Hanako för dig om överenskommelsen som vi gjort, ifall det värsta skulle inträffa?

- Hon bad mig besöka dig och att du skulle informera mig
  om testamentet, sa Biederman.
Sorge pressade ryggen emot väggen och ansträngde sig
att sitta upprätt.
- Du är min ende vän och länken till yttervärlden. Åk
  direkt till Ōmori och ta hand om Hanako och sonen. Jag
  skulle vara tacksam om du kunde hjälpa Hanako med
  mina tillgångar och med de instruktioner jag skrivit i
  mitt testamente och som jag gett Hanako om någon-
  ting skulle hända mig. Det finns ingen räddning och
  jag måste tänka på mina närmaste.
Sorge sjönk ihop och halvlåg på golvet.
- En familj som jag drömt om kommer jag inte kunna
  uppleva. Det sista jag vill göra för dem är att trygga de-
  ras framtid. Vi har inte mycket tid på oss, jag skall fatta
  mig kort. Som du redan vet är jag anklagad för spioneri
  och kommer att avrättas inom en nära framtid. Döds-
  domen är redan fastställd och för att ytterligare plåga
  mig har jag inte fått reda på avrättningsdagen.
  Biederman reste sig upp och erbjöd britsen. Sorge visade
med ena handen att han ville sitta kvar på golvet.
- Jag kommer att göra allt för att hjälpa din familj oavsett
  vad de anklagar dig för, sa Biederman.
- Vi ska inte gå in på anklagelsepunkterna. Det jag gjort
  och blivit anklagad för har jag gjort av min absoluta
  inre övertygelse och inte av de skäl som japanerna an-
  klagar mig för, sa Sorge.
Han satte sig närmare Biederman och sänkte rösten:
- Minns du samtalet hemma hos dig för några år sedan
  om vårt behov av att bekänna våra felsteg i livet? Tidi-
  gare ville jag inte använda ordet 'synd', nu gör jag det.
  Du hade en teori om att människan har minst tolv syn-
  der som hon bär på under sin livstid och som hon har
  behov av att bekänna för någon hon litar på.
Biederman nickade och Sorge fortsatte:

- Jag lade detta på minnet och varje gång vi hade förtroliga
  samtal noterade jag det i dagboken. Jag räknade dem till
  tolv stycken. Jag vet att jag inte har långt kvar att leva,
  därför vill jag att du lyssnar på min sista bekännelse. Att
  jag förrått mitt land för en större sak anser jag inte vara
  en synd. Det ligger snarare på det personliga planet. Jag
  vill att du lyssnar på min trettonde bekännelse.

Biederman lutade sig fram.

- Sätt igång, jag lyssnar.
- Känner du till Walter Scotts dikt 'Marmion', där finns
  några rader som skulle kunna sammanfatta mitt liv »Oh
  what a tangled web we weave, when first we practice to
  deceive«. Jag har i hela mitt liv vävt ett trassligt nät av
  lögner. Jag har bedragit, lurat och ljugit för människor
  som älskat mig. Det värsta är att det är för sent för mig
  att be dessa människor om förlåtelse. Kanske är det en
  tröst att du kan förmedla min önskan om förlåtelse för
  personer som jag sårat så djupt.
- Det kommer jag att göra, det kan du lita på, sa Biederman.
- Även om jag personligen inte kan be om förlåtelse vill
  jag gottgöra och säkra framtiden särskilt för Hanako
  och sonen.

Sorge gjorde en kort paus och såg ut som om han tvekade
att fortsätta.

- När jag träffade Hanako för sista gången berättade hon
  att hon bar på ett barn som jag var far till. Tiden var
  knapp och jag visste att jag skulle bli arresterad vilken
  dag som helst. Jag var tvungen att säkra framtiden för
  Hanako och barnet.

Sedan berättade Sorge att de tillgångar han hade i rena
pengar inte skulle räcka långt och därför var han tvungen
att skaffa sig en större säkerhet. Han kände till att tyska
ambassaden hade en mängd guld i bankvalvet och han
beslöt att stjäla guldtackor.

- Innan jag blev gripen sålde jag guldet till Yakuza i Tokyo. Jag hamnade i ett moraliskt dilemma eftersom jag agerade moraliskt inkonsekvent. Att gottgöra människor jag bedragit och lurat genom att ytterligare begå en ny synd, vad hade jag för val?

Biederman ville inte diskutera moral utan väntade på att Sorge skulle fortsätta berätta.

– En del av pengarna satte jag in på Nippon Ginkō och merparten på ett svenskt bankkonto i Stockholm.

– Varför så långt från Japan, sa Biederman.

– Det var helt omöjligt för mig att kontakta någon som kunde hjälpa med penningtransaktionen, varken i Tyskland eller i Ryssland. Jag var tvungen att vända mig till någon representant för ett neutralt land för att säkra mina tillgångar, sa Sorge.

Därefter berättade han att han hade en vän som var envoyé vid svenska beskickningen. Eftersom svensken satt i styrelsen för en av Sveriges största banker hade Sorge bett honom om hjälp att säkra pengarna.

– Jag tror att du känner envoyén Valdemar Brage, för när jag nämnde dig, visste han vem du var. Jag vill att du kontaktar envoyén omgående så att han kan överlämna alla viktiga dokument till dig, sa Sorge.

– Det stämmer, jag har träffat honom ett antal gånger vid Nederländernas beskickning. Är det någonting mer jag kan göra för dig?

Sorge såg vädjande på Biederman.

– Jag vill att när min son fyller arton år skall han få tillgång till mina bankkonton. Jag valde medvetet två konton ifall de skulle konfiskera kontot i Japan. Det rör sig om en ansenlig summa pengar. Jag vill att du tar hand om alla viktiga dokument och ser till att tillgångarna kommer att överlämnas till sonen när han fyller arton. Du får ursäkta mig, det är ytterligare en sak jag vill att du skall göra.

– Självklart vill jag hjälpa dig, vad vill du att jag ska göra?

– När det är dags för min son att börja skolan vill jag att

du hjälper Hanako med alla praktiska detaljer och att du rekommenderar en lämplig skola och att du ordnar en bra utbildning. Kostnaderna för alla utlägg tar du självklart från bankkontot. Helst hade jag velat att han kunde studera vid Saint Joseph College i Yokohama och få dig som lärare.

Sorge reste sig upp och tog spjärn mot väggen.

– Det är du som har fullmakt över mina tillgångar, därför vill jag att du öppnar ett bankkonto i Hanakos namn och sätter in trehundra dollar varje månad, sa Sorge.

– Jag tar hand om allt och håller kontakt med Hanako, sa Biederman.

Sorge lämnade över ett brevpapper till Biederman.

– Här finns allt du behöver veta, viktiga namn och adresser och kontonummer hos Nippon Gingō och Stockholms Enskilda Bank i Sverige.

Biederman reste sig från sängen och fick syn på en bok på golvet.

– Jaså, du läser 'Ulysses'? Jag har försökt ta mig igenom boken flera gånger.

– Någon gång ska man väl läsa den, innan det är för sent, sa Sorge och skrattade.

– Och grammofonen, använder du den, sa Biederman och pekade på en resegrammofon under sängen.

– Tidigare lyssnade jag varje dag på grammofonskivorna jag fick av dig. De senaste månaderna har jag tappat lusten på allt.

Det var Biederman som ordnat en grammofonspelare och ett antal jazzskivor, efter enträgna besök hos överste Saburo Thamichi. Till slut hade översten gett med sig och lovat Biederman att han skulle se till att Sorge fick grammofonspelaren. Denna eftergift från överstens sida berodde på att han hade träffat både Biederman och Sorge ett flertal gånger hos den tyske ambassadören. Under det första året hade Sorge lyssnat så många gånger på de fåtal skivor han hade att några var sönderspelade.

De båda männen tog artigt avsked av varandra och de visste att det var sista gången som de träffades. Precis innan Biederman skulle öppna celldörren gled en svart skugga bort från dörren och smälte in i mörkret.

Återigen var han ensam och tanken på att framtiden var säkrad för sina närmaste lindrade för stunden smärtorna i kroppen och ångesten för dödens närhet. Vilken död väntade honom? Döden skrämde honom inte utan sättet han skulle dö på plågade tankarna. Döden genom arkebusering var utesluten, i deras ögon var han en simpel förrädare och en sådan förtjänade en värre död, om sättet att dö på kunde rangordnas.

Troligen skulle han hängas och han visste genom olika skildringar som han läst att det var en plågsam död. Sorge föreställde sig falluckan som öppnades och i det ögonblicket skulle nacken knäckas, förutsatt att bödeln gjort allting rätt. Han hade läst skildringar där bödlar medvetet förlängt repet så att huvudet i fallet avskilts från kroppen. Han tänkte på James Joyces skildring av hängningen av Joe Brady i 'Ulysses'. När de skar ner honom stod hans penis »rakt i synen på dem som en käpp.« Sedan lät Joyce huvudpersonen Bloom utlägga en lång medicinsk förklaring till fenomenet.

Sorge stålsatte sig och sa till sig själv att, oavsett vilken död han skulle få, skulle han möta den med värdighet och inte visa japanerna den fruktansvärda rädsla han kände inför döden. Han visste att dagarna var räknade och ju närmare döden han närmade sig desto mer tänkte han på de tankar om döden han hade som ung. I tjugoårsåldern kunde han samtala med sina vänner om döden som om det var ett exotiskt land de pratade om, så avlägset att det inte bekymrade honom det minsta. När han stod vid slagfältet vid Ypern i Flandern 1914, hade han betraktat döden på ett abstrakt sätt, någonting som gällde andra, inte honom. Som ung och stursk var tanken på en ontologisk död värre än den fysiska döden.

Sorge tittade ut genom det smala luftintaget och såg upp mot natthimlen och månen som höll på att försvinna. Som ung upplevde han ett slags vemod varje gång han betraktade en avtagande måne. Samtidigt kände han sig hoppfull eftersom han visste att månen återigen skulle växa. Han insåg att han inte skulle få uppleva en nymåne.

Det mörknade mer och mer i cellen och till slut blev allt becksvart. Glödlampan som naket hängde ner från taket hade för länge sedan gått sönder och när Sorge bett om att få en ny glödlampa hade fångvaktaren flinat och gett honom ett hårt slag på ryggen med gevärskolven.

I mörkret tänkte han åter på Hanako och den sista tid de tillbringat tillsammans. De hade planerat att flytta till en villa i närheten av Hanakos föräldrahem i Kamakura och där starta ett nytt liv tillsammans. Sorge hade bestämt sig för att slå sig ner i Japan och ta adjö av sitt forna liv, ett liv i ytlighet och förljugenhet. Han hade genom Biederman haft kontakt med rektorn vid Saint Joseph College i Yokohama för att undervisa studenter i tyska språket.

Sorge lade sig på den hårda britsen och försökte invänta den befriande sömnen. I mörkret, i den totala ensamheten, insåg han den hemska sanningen att den framtid som han och Hanako planerat inte skulle infrias.

Sorge vaknade av att celldörren öppnades bryskt och en vakt som vrålade:
– Ditt svin, upp med dig! Du ska på förhör.
För att markera sitt övertag sparkade han på britsen så att Sorge ramlade ner på cementgolvet och därefter slet vakten upp Sorge och halvt om halvt släpade honom ut från cellen.

Förhörsrummet låg längst ner i korridoren och stanken

av urin och lukten av gamla spyor stack honom i näsan.
Han kände igen den nye förhörsledaren, överste Saburo
Thamichi, säkerhetschef för Kempeitai. Under sina glans-
dagar hade Sorge träffat översten under helt andra om-
ständigheter. Som anställd vid den tyska ambassaden
hade han stött på översten otaliga gånger på olika mid-
dagar hos prominenta Tokyofamiljer.

– Vi har tillfälligt övertagit ansvaret för förhöret, efter-
som Tokyopolisen inte lyckats få ihop de sista pussel-
bitarna. Jag kommer att, för sista gången, ställa några
frågor och om du inte svarar kommer dessa två vakter
att ta över och jag lovar att du kommer att prata förr
eller senare.

Översten kallade till sig vakterna och de ställde sig i giv-
akt.

– Ge mig namnen på kontaktmännen i Tokyo och be-
kräfta att du fått order från Sovjetunionen och namnge
kontakterna i Moskva.

Sorge höll tyst, översten väntade en stund, sedan gav han
ett tecken till männen att ta över.

Sorges ansikte var uppsvällt och vanställt och han hade
urinerat och spytt. Den värdighet som han in i det längsta
försökte upprätthålla inför plågoandarna var borta. Han
tycktes heller inte längre bry sig om vad de gjorde med
honom utan det enda som han tänkte på var minnet av den
lycka som han fått tillsammans med Hanako. När fång-
vaktarna slutade med tortyren bad han med ett kvidande
om vatten. Thamichi gav vakten order om att hämta ett
glas vatten, sedan sa han:

– Du vet vad som väntar dig och jag ber dig noga tänka
igenom, om inte för din egen skull, så åtminstone för
Hanakos och sonens skull.

Thamichi ställde sig ovanför Sorge och tittade på honom.

– Om du avslöjar vem uppdragsgivaren är och ger mig

fyra namn inom spionringen ger jag mitt ord på att skona Hanako och sonen från framtida trakasserier.
Sorge försökte resa sig upp men misslyckades.
– Ge mig papper och en penna så skall ni få det ni begär, på ett villkor.
– Du ställer inga villkor, sa Thamichi, sedan lugnade han sig och gjorde ett jakande tecken.
– Jag skriver en fullständig rapport om min uppdragsgivare, dessutom vill jag skriva ett sista farväl till Hanako och ni måste lova att brevet når henne. Jag har en sista önskan och det är att jag skall slippa ha på mig en 'fukāmigasa' när jag skall föras till avrättningsplatsen, jag vill se bödlarna i ögonen, sa Sorge.
– Under andra omständigheter hade vi två kunnat komma bra överens, tiderna har förändrats och jag tvingas att agera på ett sätt som strider mot min natur, sa Thamichi.
Han tog fram en ren näsduk och gav den till Sorge, som torkade sitt blodiga ansikte.
– Du kan lita på mitt ord, ger du mig namnen på kontaktmännen och skriver en redogörelse om uppdragsgivaren lovar jag dig att ingenting skall hända Hanako. Jag ger mitt ord på att du skall slippa bära fukāmigasa, sa Thamichi.
Sorge försökte se rakt fram men kunde inte hålla blicken stadigt, allt såg ut som i en dimridå.
– Hotsumi Ozaki, Miyagi Yotoku, Max Clausen och Branko Vukelic, sa Sorge.
– Intressant, jag vet att du talar sanning den här gången. Jag vet redan vilka dessa personer är. Jag ville endast höra det från din egen mun.
Thamichi tog fram ett cigarettetui och ville bjuda Sorge på en cigarett men han tackade nej.
– Vi har redan förhört dessa personer, Clausen har till och med demonstrerat tillvägagångssättet när ni skickade

era kodade meddelanden till Moskva. Jag kan upplysa dig om att Miyagi, den ynkryggen, försökte redan de första dagarna efter arresteringen ta sitt liv genom att hoppa ut från ett fönster.

Thamichi reste sig från stolen och kallade på vakterna.

– Skaffa papper och penna och bär tillbaka honom till cellen.

De båda vakterna släpade Sorge genom korridoren tillbaka till cellen och slängde honom på britsen.

Allt snurrade runt i huvudet och när han hostade kände han den salta blodsmaken. »Nu får det bli slut på detta« sa han till sig själv och för första gången kände han sig besegrad och hade en enda önskan kvar – att befrias från detta helvete och få dö.

Sorge visste att han hade ont om tid, trots smärtorna var han tvungen att agera snabbt och därför tvingade han sig att sätta sig upprätt och med en kraftansträngning lyckades han skriva en rapport och ett sista brev till Hanako. När han var klar lade han sig på britsen och försökte sova. När han slöt ögonen slets celldörren upp av vakten som torterat honom.

– Ge hit pappren, sa vakten.

Sorge lyckades knappt öppna sina igensvullna ögon innan vakten plockat upp pappersarken och brevet till Hanako från golvet och smällt igen celldörren efter sig. Han lyckades sakta resa sig upp och ta spjärn mot väggen men benen orkade inte bära honom.

När vakten kom tillbaka till vaktkuren hade vaktkollegan Yasuda redan kommit.

– Jaså, är det du som ska avlösa mig?

– Jag väntar på Kawashiro, det är vi som har ansvaret för avdelningen för natten.

Vakten berättade för Yasuda att han hade varit inne i Sorges cell för att hämta en rapport Sorge skrivit och ett brev som skulle överlämnas till Hanako, hans kvinna. Han lade rapporten på bordet, flinade och visade Sorges brev.

– Svinet trodde på allvar att vi skulle lämna brevet till horan, vilken jävla idiot. Lyssna noga och du berättar inget för någon annan.

Han sänkte rösten.

– Jag tjuvlyssnade på samtalet mellan prästjäveln och svinet och så mycket engelska kan jag att jag fattade att Sorge har en förmögenhet som han anförtrott prästen att ta hand om. Frågan är hur vi skall komma över pengarna. Du märkte att jag sa 'vi', jag behöver en medhjälpare. Jag är en simpel tjuv, du har bättre stil än jag och dessutom hade du studerat vid universitetet, eller hur? Jag behöver folk med bildning, sa han.

Vakten tog några steg och ställde sig framför Yasuda.

– Om du är intresserad skall vi göra upp en plan tillsammans. Jag tror inte att det skall bli svårt att få de rätta uppgifterna från prästen.

Han tog fram en lapp från fickan och visade den för Yasuda.

– Här har jag skrivit ner några anteckningar, namn och siffror som vi kan ha nytta av.

Sedan tog vakten Sorges brev från bordet, tände eld på det, skrattade kort och slängde det brinnande brevet i papperskorgen. I det ögonblicket kom Överste Saburo Thamichi in i rummet.

– Vad i helvete är det som pågår här? Svara mig, det är en order.

Översten slet upp 'Nambun' från pistolhölstret, osäkrade pistolen och siktade på vaktens panna.

– Vad var det du kastade i papperskorgen?

– Det var bara Sorges brev till horan, sa vakten.

– Säger du 'bara' ditt svin. Jag gav mitt hedersord på att han kunde lita på mig och skriva ett sista brev till sin kvinna, sa Thamichi.

Omedelbart därefter brann skottet av och vakten stöp i golvet och en blodpöl bildades runt huvudet.

– Bär bort aset och gör rent här, sa han till den skräckslagne Yasuda.

När Yasuda blev ensam med den döde kamraten letade han efter lappen med uppgifterna om Sorges förmögenhet.

Klockan fem minuter i sju följande morgon rycktes celldörren upp och två vakter slet upp Sorge från britsen.

– Snart skall du brinna i helvetet, viskade en av vakterna till Sorge.

Den tyske fängelseprästen som vakterna hade med sig harklade sig försiktigt.

– Om ni vill kan jag be vakterna vänta utanför så kan vi vara ensamma en stund.

– Ta inte illa upp, jag önskar inte tala med en präst, enda bibel jag haft de senaste tjugofem åren heter Das Kapital, jag vill ha detta överstökat, så låt oss gå, tack i alla fall för vänligheten, sa Sorge.

Vakterna förde Sorge längs den långa korridoren och i bortre änden stod överste Saburo Thamichi tillsammans med fängelsechefen. När översten fick se att Sorge hade stråhatten täckt över ansiktet beordrade han följet att stanna.

– Vem har satt på fången en fukāmigasa? Jag hade lovat fången att slippa den.

En vakt steg fram och ställde sig i givakt framför översten och gjorde honnör.

– Att inte lyda en order är ett allvarligt brott. Jag vill att du kommer in till mitt kontor i eftermiddag. Ta av fången fukāmigasan och försvinn härifrån.

Översten nickade försiktigt när han mötte Sorge, men vände snabbt bort blicken. Sorge märkte att celldörrarnas reglar var fördragna och det var alldeles tyst i korridoren. Sådant var föreskrifterna att när en fånge fördes bort för att avrättas fick de övriga fångarna sitta i sina celler och slapp utföra något arbete tills avrättningen var över.

En järnport öppnades och Sorge fördes ner för en trappa. Ytterligare en port öppnades och han såg tegelhuset tvärsöver gården där avrättningarna hölls. En vakt stod redan och höll upp porten för följet. De fick sedan gå igenom ett tempelliknande rum där en buddistmunk stod framför ett antal rökelser och bad en bön medan fingrarna gled genom ett radband. Sorge gjorde en lätt bugning när han leddes förbi munken, klargjorde samtidigt med en huvudrörelse att han ville fortsätta genom rummet. Sorge fördes sedan till slut upp för en trappa och i bortre änden av salen stod bödeln och två vakter och väntade. Någon timme innan hade samma snara, som träddes över Sorges huvud suttit runt Hotsumi Ozakis hals.

6

Gustave såg de tre pojkarna ställa sig mitt på vägen. En av dem ropade:

– Jävla gaijin, stick härifrån.

Han ville springa iväg men ville inte vara feg utan fortsatte lugnt framåt. De stod mitt emot varandra och när Gustave skulle gå förbi ställde sig den minste av dem bredbent, så att Gustave inte kunde komma förbi. Han blev omringad av de andra, som började knuffa honom. Den större av dem sa:

– Du är en horunge. Vi vill inte ha såna som du. Stick härifrån.

Gustave fick ett knytnävsslag i magen och ramlade omkull. Han kved och reste sig halvvägs upp, men en pojke satte foten på Gustaves rygg och höll honom nere. När han lyfte foten för att ge Gustave en spark föll han omkull med ett vrål. En fjärde pojke hade dykt upp och måttade en spark mot Gustaves plågoande. Det var Gustaves kompis Natsume som kommit till undsättning.

– Era fega jävlar, ge er på mig om ni vågar.

Han hjälpte Gustave upp på benen medan han höll de andra pojkarna på avstånd. De märkte att de inte hade en chans mot nykomlingen och sprang in på en sidogata.

Gustave ställde sig upp och höll sig om magen.

– Vilken tur att du kom!

– Hur känner du dig, jag kan följa dig hem.

– Tack, det är bra.

Det var inte första gången Natsume hjälpt Gustave mot elaka pojkar i kvarteret, därför kände han sig trygg i hans sällskap. De kände gemenskap, någonting band dem samman.

- Du kan följa med in, sa Gustave.
- Jag är på väg hem från Motomachi-parken, farfar och farmor väntar på mig. Vi kan träffas imorgon, sa Natsume.

Hanako tittade ut genom fönstret och märkte att någonting hänt.

- Botchan, så du ser ut.

Gustave tyckte inte om när mamma kallade honom för 'Botchan', det var småbarn som kallades så. Han ville inte blanda in mamma, samtidigt kunde han inte ljuga om den smutsiga, sönderrivna skjortan.

- Några pojkar slog mig, Natsume hjälpte mig och jagade bort dem.
- Vilka hemska pojkar. Viken tur att Natsume hjälpte dig!

Hanako kände Natsumes mamma, Lee Chin Hwa, en koreanska, gift med en japan. De jobbade på samma bar, Reingold, i Tokyo under kriget. De båda kvinnorna kom varandra nära eftersom de blivit utstötta från samhället. Hanako levde tillsammans med en gaijin, en utlänning och Lee Chin Hwa var en koreanska, en andra klassens medborgare, som i japanernas ögon var en zainichi, en som tillfälligt vistades i Japan. Lee Chin Hwa och hennes man hade omkommit i bombräderna över Yokohama i maj 1945. Natsume, knappt tre år, blev omhändertagen av farföräldrarna.

- Kom Botchan, jag skall tvätta av dig smutsen, sen skall du få rena kläder. Jag har lagat mat åt dig.

Gustave satte sig till bords och Hanako serverade sonen biff och potatis.

- Mamma, jag sa att jag vill ha kabayaki och sluta kalla mig för Botchan.

Hanako hade med avsikt inte lagat hans favoriträtt. Meningen var att hon skulle introducera västerländska maträtter för Gustave, eftersom hon ville uppfostra honom västerländskt. Hon hade flyttat från den enkla lägenheten till ett stort hus i västerländsk stil, som Sorge ordnat genom kontakter med den japanska säkerhetspolisen. I det nya huset hade Hanako lärt sig av Sorge västerländsk etikett, såsom bordsskick, dukning och hövlighetsfraser vid middagar och artighetsvisiter. Sorge hade valt huset i ett välsituerat område i Ōmori, som säkerhetspolisen lagt beslag på.

Under sina glansdagar hade Richard Sorge inga problem att hitta en bostad i Tokyo. Han kunde välja och vraka bland villorna, som stod tomma, eftersom ägarna tvingats lämna sina hem. Överste Saburo Thamichi inom den hemliga Tokyopolisen hade låtit konfiskera hundratals villor inom Tokyos och Yokohamas omnejd. De flesta villorna stod tomma eftersom de tillhört utländska medborgare, som evakuerats till respektive hemländer. Många hus hade tillhört Nisei och sådana personer var inte populära i Japan. Nisei tillhörde andra generationen japaner, födda i staterna men återvänt till Japan. I USA var de inte längre accepterade och läget för dem blev inte bättre för att de återvänt till sitt forna hemland. När kriget bröt ut betraktades dessa som förrädare, trots att de blev inkallade till den japanska armén. Efter kort varsel fick de ge sig av från sina hem. Vart spelade ingen roll, myndigheterna var inte intresserade. Många fick flytta till släktingar i Tokyos ytterområden. De tomma husen hyrdes ut till prominenta utländska medborgare, som på ett eller annat sätt samarbetade med den japanska regeringen.

MARS 1949

Hanako bodde kvar i huset i stadsdelen Ōmori i Tokyo ända fram till Japans kapitulation. När ockupationsmakten tog över ledningen i Tokyo fick de som hade förlorat sina hus tillbaka dem. Hanako hade tur, för hon hade en väninna, gift med en engelsman och de hade beslutat att flytta till England och skulle sälja huset i Yokohama. Hanako kom överens med väninnan och köpte villan för pengar, som Sorge testamenterat till henne.

Det nya huset var inte lika stort och komfortabelt som det förra, men det låg i den finare delen av Yokohama, där de flesta utländska medborgare bodde. Hon inredde det nya hemmet med de möbler hon ärvt av Sorge och detta gjorde hon inte endast av nostalgiska skäl utan med tanke på Gustaves framtid. Hon var förvissad om att han inte skulle bo hela sitt liv i Japan. Framtiden innebar för honom ett liv i ett västerländskt land. Hennes enda bidrag var att uppfostra honom i ett hem så likt ett västerländskt som möjligt.

En gång i veckan, sedan ett år tillbaka, hade Hanako tagit med Gustave till en väninna, som hade varit gift med en amerikan och bott i USA i tio år. Hos henne hade Gustave lärt sig konversera på engelska. Han var både en intresserad och läraktig elev och redan efter några månader kunde han hjälpligt samtala på engelska. Nästa steg var att han skulle lära sig att skriva på det nya språket. Hanakos tanke var att Gustave skulle lära sig så pass mycket att han kunde börja på Saint Joseph International College. Gustave kunde redan tillräckligt mycket att han lärde ut det han kunde till Natsume, som hjälpligt redan kunde använda en hel del fraser och räkna på engelska.

Hanako hade en tanke bakom val av skola. Gustave skulle snart börja skolan och hon ville att han skulle gå på en internationell skola med tanke på hans framtid. Hon och Biederman hade fortfarande kontakt med varandra och eftersom han hade en lärartjänst vid Saint Joseph College i Yokohama, föll det sig naturligt att Hanako frågat Biederman om han kunde ordna Gustaves skolgång där.

Saint Joseph College låg inte långt från Hanakos hus. Det var en skola avsedd främst för diplomatbarn och utlänningar och för välbärgade japaner. Skolan hade rykte om sig att vara en bra skola och lärarna bestod av jesuitpräster. I normala fall skulle en japansk familj med medelinkomst inte haft råd att skriva in sitt barn vid skolan, i synnerhet inte en ensam kvinna som Hanako. Sorge hade avsatt en ansenlig summa för Gustaves skolgång och genom Biedermans försorg kunde Gustave skrivas in i den internationella skolan. Tanken var att pengarna skulle räcka för Natsume. Hanako tyckte att det var viktigt att Gustave hade en riktig vän. Därför hade hon besökt Natsumes farföräldrar och erbjudit att betala för hans skolgång vid Saint Joseph istället för att han skulle gå på en kommunal skola. Först hade de motsatt sig förslaget men till slut insåg de att det var det enda alternativet att slippa alla trakasserier som väntade Natsume på grund av hans ursprung,

Hanako hade sedan kontaktat Biederman, som skulle ordna så att Natsume kunde gå i samma klass som Gustave.

Biederman hade meddelat Hanako att höstterminen skulle börja den femtonde september och att inskrivningen skulle ske första veckan i juni. Han hade redan ordnat terminsavgiften med skolans rektor och betalt in för höst- och vårterminerna för de båda pojkarna.

7

Körsbärsblomningen hade precis börjat och varje år vid denna tid brukade Hanako och Gustave besöka mormor och morfar, som bodde i Kamakura, drygt en timmes tågresa, söder om Yokohama.

– Du har inte glömt att vi ska till mormor och morfar idag, Botchan.

– Jag längtar efter dem. Morfar har lovat visa mig sina samurajsvärd och vi ska besöka den stora gubben.

Det var någonting speciellt att bo hos dem. Han tyckte om att få höra morfar berätta om samurajer och andra berättelser om märkliga personer och händelser. De gav sig iväg tidigt på morgonen ner till spårvagnshållplatsen och tog vagnen till järnvägsstationen.

Från spårvagnsfönstret betraktade Gustave människorna på gatorna. En man i en sliten soldatuniform med ett ben hankade sig fram med hjälp av ett par kryckor. En amerikansk militärjeep susade förbi fönstret. Gustave kände igen jeeparna eftersom de brukade åka förbi deras hus. Det hände att de stannade till när de fick se en pojke med västerländskt utseende. De brukade stanna och prata med Gustave och bjöd på tuggummin. Soldaterna som körde jeeparna hade armbindlar där det stod MP på. Hanako hade sagt att inte ta emot någonting och absolut inte följa med dem i jeepen. Inte sedan hon läst i tidningen om en amerikansk GI som förgripit sig på japanska småpojkar. Men att ta emot tuggummin kunde han inte motstå, det var någonting speciellt med amerikanska tuggummin jämfört med japanska, de med pelikanen på som hans mamma brukade köpa åt Gustave.

Vid nästa hållplats steg de av och gick längs med en väg kantad av söndertrasade telefonstolpar. De höga staketen som omgärdade lokstallet var fortfarande övermålade med blågrå kamouflagefärg, som ett minne från kriget. Inne i Yokohamas järnvägsstation köpte Hanako biljetter till Kamakura och letade sig fram till Yokosuka linjen.

Gustave tyckte om att åka tåg och varje resa blev till ett äventyr. Han tyckte om att titta ut genom tågfönstret och fantisera om att han var i vilda västern, såsom han inbillade sig genom amerikanska serietidningar. Han kunde hjälpligt läsa och sätta ihop bokstäverna till begripliga meningar, men det var framför allt de tecknade bilderna som satte igång fantasin hos Gustave. Han var Hopalong Cassidy, som red på sin vita häst Topper och jagade boskapstjuvar och landskapet utanför tågkupén, de halmtäckta bondgårdarna och risfältens schackrutor, förvandlades till präriens vidsträckta landskap. Bönderna i halmhattar på åkrarna och vindskydden av bambu förvandlades till indianer och deras wigwamer.

Gustave kände sig trygg när han såg mammas ansikte, som återspeglade sig i tågfönstret. Ibland höll han på att glömma överenskommelsen med mamma att inte fråga efter pappa. En gång, då han var fyra år, hade han lekt i sovrummet och i en låda hade han hittat ett kort som föreställde en man på motorcykel. Han tog med sig kortet och sprang till mamma och frågade vem det var. Han mindes mammas ansikte och tårarna.

– Kom hit och sätt dig i mitt knä. Det gör ont i mig att jag inte pratat om din pappa. Det är han på bilden.

– När kommer han hit, frågade Gustave.

Hanako tittade allvarligt på honom.

– Minns du den gången vi åkte till Tokyo och besökte min systers grav och vi lade blommor i vasen bredvid graven? Minns du att du frågade mig var alla döda tagit vägen? Jag berättade för dig att vi människor har en själ och när vi dör ligger våra kroppar kvar i gravarna men själen kommer till himlen. Pappas själ är i himlen och han har det bra där.

Det smärtade Hanako att Richards aska grävdes ner i Sugamo-fängelsets kyrkogård utan en riktig begravning. Gustave ville gärna förstå vad hans mamma berättat, men kunde inte fatta vart pappa tagit vägen. Han begrep att han inte skulle få se pappa och att han inte skulle komma tillbaka.

När tåget anlände till Kamakuras järnvägsstation stod mormor och morfar redan vid perrongen och väntade på dem. De hann knappt hälsa på varandra förrän Gustave sa:

– Morfar, skall vi hälsa på den stora gubben idag?

– Det skall vi göra, först går vi hem och får i oss mat.

Fastän Gustave och morfar besökt den stora bronsstatyn av Buddha flera gånger tidigare, älskade han att stå framför statyn och höra morfar berätta olika historier om 'den stora gubben'.

När Gustave och morfar gav sig iväg till Kōtoku-in, var det redan eftermiddag men de hade några timmar på sig innan de stängde det heliga området kring Daibutsu. Några krigsinvalider satt vid tempelgrinden och tiggde, fortfarande iklädda slitna kakiuniformer. Morfar gick fram till en soldat med en konstgjord hand, ställde sig i givakt, gjorde honnör och lade sedan några mynt i mannens skål. De fortsatte in i folkhavet av studenter, barnfamiljer och pensionärer, alla på väg till den stora bronsstatyn. Vid stentrappan precis framför Buddha stannade de båda och beundrade honom. Gustave kände sig liten då han stod och tittade upp mot den höga bronsstatyn. Han tyckte Buddhas ögon var stängda och frågade morfar varför han satt och sov i den ställningen. Morfar förklarade att Buddha inte sov utan mediterade.

– Morfar, kan du inte berätta något spännande om Buddha, som du lovade.

Morfar var mån om att Gustave skulle få del av vishet och moral enligt den hederskodex han ärvt av sin pappa, när han var i samma ålder som Gustave. Därför berättade han om Kandata och spindeltråden.

– Buddha stod en dag vid en flod, som ledde till helvetet. De som inte kunde simma bort från floden hamnade till slut i ett brinnande hav. När han tittade ner i vattnet fick han syn på brottslingar och andra syndare, som simmade omkring i vattnet. Buddha fick syn på en man som hette Kandata, som var mordbrännare och begått andra hemska saker. Han hade även gjort en god gärning. En dag då Kandata vandrade genom en skog såg han hur en spindel kröp på vägen.

Folk samlades omkring morfar och lyssnade med djupt intresse.

– Kandata skulle precis trampa ihjäl spindeln. I sista stund ångrade han sig och lät den leva. Buddha kom ihåg Kandatas goda gärning och beslöt att rädda honom från att drunkna. När Kandata lyfte upp huvudet såg han himlen och upptäckte en spindeltråd som sänktes ned. Kandata fick en chans att komma bort från den hemska floden. Han tog tag i tråden och klättrade sakta uppåt.

Fler och fler människor samlades och Gustave kände sig stolt att stå bredvid morfar som fortsatte att berätta:

– Kandata upptäckte att det var en annan man som fått tag i tråden. Han var rädd att tråden skulle brista, därför ropade han: »Vem har gett dig lov att klättra upp på min tråd? Släpp genast tag i tråden och hoppa tillbaka i floden.« I samma ögonblick brast spindeltråden och de båda männen föll som stenar ner i vattnet.

När morfar berättat färdigt blev det alldeles tyst.

– Om Kandata låtit den andra klättra på tråden, hade han klarat sig? sa Gustave.

– När Buddha upptäckte vad som hänt blev han ledsen och tänkte på Kandata, som endast tänkt på sig själv och glömde bort att hjälpa andra. Att vara en sann människa, det innebär att inte enbart tänka på sitt eget bästa utan även på andras. Genom att vara till hjälp för andra blir man en sann människa. Det är Buddhas budskap, kärlek och omtanke om medmänniskorna, sa morfar.

Alla applåderade och tackade morfar för berättelsen och han sa till Gustave:

– Kom, vi går hem, de väntar på oss.

Vid tempelgrinden hade en skinntorr gubbe ställt upp ett tempel i miniatyr och på en pinne satt en färggrann fågel. Den gamle lade märke till Gustaves nyfikna blickar.

– Låt mig visa er vad min fågel lärt sig. Om ni ger en hopvikt femtioyensedel till fågeln kommer den att lägga sedeln i kassaskrinet. Sedan flyger fågeln in i templet och hämtar en papperslapp där ni kan läsa om er spådom.

– Morfar, kan vi inte ge fågeln en sedel.

Morfar hade inte mycket till övers för spådomar men lät sig övertalas. Han tog fram en sedel och höll den framför fågeln och på ett ögonblick tog den sedeln i näbben, flög fram till kassaskrinet och släppte den där. Sedan flög den in i templet och när den flaxade ut hade den en papperslapp i näbben.

– Ni kan ta papperslappen från fågeln och läsa om spådomen, sa gubben.

Morfar tog den hopvikta lappen, vecklade ut den och läste högt:

– En dag kommer du söka efter sanningen, ge inte upp, sök och du skall finna.

Sedan vek han ihop lappen och gav den till Gustave.

– Behåll den du, som ett minne av den här dagen. Kom

ihåg en sak, Gustave, inte ens spåmän vet någonting om sitt eget öde.

Morfar var den ende i familjen som inte kallade Gustave för 'Botchan', utan tilltalade honom med förnamnet. Han var noga med att prata med Gustave som en vuxen. Han hade sagt att behandlar man barn som ett barn kommer de förbli barn genom hela livet. Enligt morfar var anledningen till varför många vuxna inte klarade vuxenvärlden att de blivit behandlade som barn för länge. Gustave tog lappen, stoppade den i byxan och höll morfar hårt i handen.

När de kom hem hade mormor redan lagat kvällsmat.

– Kom och ät Botchan, jag har lagat din älsklingsrätt, sa mormor.

Det var länge sedan Gustave ätit kabayaki och Hanako tittade generat bort och kände ett styng i hjärtat, då hon såg hur glad han blivit. Grillad ål med buljong och ris var det bästa han visste och ändå hade hon medvetet valt bort japansk mat och lagat västerländska rätter. Hon fick dåligt samvete och visste inte hur hon skulle göra, men det var för hans bästa att vänja sig vid västerländsk mat. Hans framtid låg inte i Japan utan i västerlandet, där hörde han hemma. När morföräldrarna fick reda på att deras dotter slutat laga japansk mat till Gustave försökte de tala henne till rätta. I övrigt lade de sig inte i hennes privatliv. Fastän hennes pappa kom från en sträng konservativ samurajsläkt, där man höll på etiketten att inte beblanda sig med gaijin, sa han inte någonting nedsättande om Hanakos förhållande med Richard Sorge. Tvärtom försökte de hjälpa dottern under den svåra tid, då hon blev ensam med ett litet barn. När Hanako blev av med huset i Ōmori lät de henne bo med Gustave hemma i Kamakura under några månader tills hon köpte huset i Yokohama.

När Gustave ätit färdigt efter den andra portionen sa han till morfar:

– Du har lovat mig att du ska visa mig dina svärd och sen berätta om samurajer.

Morfar log och klappade honom på huvudet.

– Gustave, tålamod är en dygd, du måste lära dig att kunna vänta.

Gustave gick in i rummet där morfar förvarade sina svärd och såg två svärd, ett längre och ett kortare i ett träställ med eggen uppåt. Han satte sig mitt i rummet och väntade spänt på morfar. Strax kom han in och satte sig mitt emot Gustave.

– När jag fyllde tretton fick jag mitt första riktiga svärd. Innan dess hade jag ett träsvärd, som jag fick öva mig på. Jag kommer fortfarande ihåg ceremonin och hur stolt jag kände mig när jag blev vuxen nog att bära ett riktigt svärd. Jag fick två stycken, det längre som kallas 'katana' och det kortare 'wakizashi'.

– Gick du omkring med svärden på dagarna?

– Det gjorde jag inte, men jag minns att farfar bar svärd då jag var i din ålder. Som du vet kommer jag från en samurajsläkt och den siste riktige samurajen i vår släkt var farfar. Han berättade att när man kom hem till en familj fick man lämna det långa svärdet i hallen men 'wakizashin' fick man ta med sig in i huset. Farfar sov med svärden inom räckhåll. Han brukade säga att svärden som han bar var ett tecken på det som fanns i hans tanke och hjärta – trohet mot kejsaren och tron på sin heder. Han sa en gång att vanära är att likna vid ett ärr på ett träd, med åren blir ärret större och större.

– Använde din farfar sitt svärd i strid någon gång?

– Farfar berättade att han deltagit vid slaget i Shiroyama vid Kagoshimabukten 1877, då han var tjugosex år. Samurajerna kände sig svikna av landets regering och gjorde uppror. De hade ingen chans mot den kejserliga armén och efter slaget fick de inte längre räknas som Japans militärstyrka och många av deras förmåner drogs in.

Morfar reste sig upp och gick fram till stället med svärden, tog katanan, fäste det vid sidan och ställde sig mitt på golvet.

– Titta Gustave, jag ska visa dig hur snabb farfar var i strid. Föreställ dig att jag är omringad av åtta soldater.

Blixtsnabbt drog han svärdet ur slidan och stötte med vänsterhanden snett bakåt. Sedan skiftade han svärdet till högerhanden och svepte med handen.

– Två döda och nu dödar jag ytterligare två soldater framför mig och när jag drar tillbaka svärdet dör den femte soldaten. Sedan gjorde han en nerifrån- och uppåtrörelse, svepte med svärdet diagonalt samtidigt som han vände sig om och utdelade det sista hugget.

Gustave satt stilla och var imponerad och mållös.

– Åtta soldater låg på marken och hela striden varade endast fem sekunder. Sedan samurajerna förlorat slaget mot armén dödade deras ledare Saigo Takanori sig själv, han begick seppuku, sa morfar.

– Finns det fortfarande samurajer kvar.

– Beror på vem du frågar, många skulle säga att vi lever i en modern tid, där det inte längre finns plats för samurajer. Frågar du mig, skulle jag inte hålla med om att samurajer är utdöda. Tvärtom lever deras levnadsvisdom vidare i andra sammanhang. Visst finns det fortfarande samurajer, fast de ser inte ut som de gamla samurajerna, men de lever fortfarande efter bushido.

– Vad är bushido för någonting?

– Bushido består av två ord, 'bushi' som betyder 'krigare' och 'do' som betyder 'väg'. Bushido betyder ordagrant 'krigarens väg' och Gustave, nästa gång vi träffas ska jag berätta vad denna väg går ut på. Min bror och jag var med i en sammanslutning och vi hade bushido som vår ledstjärna. Jag är inte längre med, men min bror leder en organisation i Tokyo.

Det blev mycket information för Gustave och fastän han inte förstod allt vad morfar sa, kände han sig delaktig i den värld som han ville dela med sig till Gustave.
– Morfar, har du skadat lillfingret med svärdet, frågade han och pekade på stumpen som var kvar av lillfingret.
Morfar tittade på Gustave och skulle säga någonting men ändrade sig. Han reste sig upp och tände en golvlampa.
– Det börjar bli sent och vi har en lång dag imorgon, du får allt gå och lägga dig.
När Gustave kom ut från morfars rum väntade Hanako på honom.
– Botchan, mormor har gjort iordning sovrummet. Jag har redan bäddat åt dig, kom så går vi och lägger oss.
Innan Gustave somnade kom morfar in och sa god natt.
– Morfar, om din farfar var en riktig samuraj och du räknar dig som en samuraj, är jag en samuraj?
Morfar log stilla.
– Min lille gosse, det är klart du är, du är mitt barnbarn, självklart är du en riktig samuraj.
Gustave var nöjd med svaret och kände sig varm inombords. Han kramade om morfar och la sig till rätta på futonen.

8

Det är lika bra du går upp. Du behöver inte vara orolig, det är bara idag jag följer med dig till skolan. Jag vet att du tycker det är pinsamt, men jag lovar, i morgon får du klara dig själv. Nu äter vi frukost.

När Gustave vaknade kom åter tankarna inför skolstarten. Skulle han få nya kamrater? Skulle han bli retad för sitt ursprung? Det kändes tryggt att Natsume skulle gå i samma klass. Dessutom hade han träffat Biederman från tidigare möten. Han visste ingenting om de övriga lärarna. Han hade sett fotografierna på dem från en äldre skolkatalog han fått från Biederman och många såg allvarliga och stränga ut.

När de kom ut var luften ren, inte som nere i Yokohamas centrum, mättad av avgaser och stekos från gatumånglarnas matbodar. Det hade kommit regn under natten och himlen var fortfarande som ett blygrått täcke med små vita revor, som katten rivit med klorna.

– Lite regn gör inget, Botchan, tro inte på de som säger att regn på morgonen för otur med sig. Min mamma sa att regn renar själen från smuts.

Gustave tog sin mammas hand men släppte den genast. Härefter skulle Gustave inte mer hålla hennes hand, som han brukade göra då de var ute tillsammans. Med fast röst sa han:

– Förresten, i fortsättningen vill jag att du kallar mig Gustave.

Det var endast en promenadväg till skolan. Man såg knappt några japaner på vägen utan mest utlänningar. Yamate eller The Bluff, som var det engelska namnet, var en typisk stadsdel för välbärgade engelsmän och amerikanare. Snart såg de den stora vita byggnaden och Gustave såg skylten uppsatt vid ingången, »Saint Joseph College Nr 85 Bluff«. De gick in genom den stora öppna ingången till gårdsplanen framför huvudbyggnaden. Det hade redan samlats många pojkar, de flesta tillsammans med någon av föräldrarna. Eftersom de inte hittade Natsume gick de direkt till aulan. När de kom in i salen satt det redan många elever tillsammans med föräldrarna. Gustave fick syn på Natsume tillsammans med farfar men alla platserna i bänkraden var redan upptagna. De satte sig därför i raden bakom Natsume och väntade på att klockan skulle bli åtta.

Först skulle skolans rektor, Aloysius M. Soden, hålla ett välkomsttal. Sedan skulle eleverna gå till respektive klassrum tillsammans med klassföreståndaren. När skolklockan slog åtta slag öppnades sidodörrarna och lärarna med rektorn i täten tågade in i aulan. Lärarna satte sig i de två främre bänkraderna och rektorn, en mager man i femtioårsåldern med mörkt, bakåtkammat hår och stålbågade glasögon, fortsatte fram i gången och ställde sig framför talarstolen. Han harklade sig, såg ut över aulan, och log stelt.

– Välkomna elever och föräldrar. Jag vill likna Saint Joseph College vid Förenta Nationerna. Här finns olika nationaliteter och religioner och liksom Förenta Nationerna kommer ni lära er, genom ömsesidig förståelse, undvika meningsskiljaktigheter och konflikter. I en religiös miljö får ni undervisning av jesuiter, män som ägnat hela livet åt Gud och mänskligheten. Oavsett vilken religion ni tillhör visar era lärare respekt för det ni anser vara den rätta sanningen. Om det skall bli fred på jorden måste vi lära oss umgås med dem som har olika trosuppfattningar och åsikter. Det bör dock finnas några saker som vi alla är överens om –ett hjärta, en själ att vilja förstå och älska andra. Ni har en uppgift inför framtiden. Ni måste göra denna skola till en förebild för dem som inte lever i fred med medmänniskorna. Ni representerar tjugosex olika nationer och förhoppningsvis blir ni i framtiden, rustade med kärlek till Gud och till era medmänniskor, att kämpa för fred och rättvisa. Ni har kommit till Saint Joseph från olika länder och olika förhållanden, må era hjärtan vara eniga i önskan om att göra Saint Joseph College till en plats för inspiration och glädje. Må Gud vara med er i denna er strävan.

Rektorn kallade sedan fram Biederman och lämnade plats åt honom framme vid podiet. Han skiljde sig markant från de övriga lärarna, inte endast på grund av att han var yngre än kollegorna men även för att han utstrålade en aura av pondus och kraft. Han var skolans favoritlärare och det gick massa rykten om honom. Han hade glimten i ögat och överraskade sin omgivning med sin speciella humor. Alla elever älskade anekdoten om Biedermans svar på en fråga från bordsdamen vid en middag hemma hos rektorn:

– Ni måtte ha läst bibeln från pärm till pärm, varpå Biederman svarade:

– Vad är det ni säger, finns bibeln i bokform? Jag känner endast till filmen 'Konungarnas Konung' av Cecil B. De Mille.

Biederman steg fram till podiet.

– Det är pirrigt att börja på en ny skola, allting är nytt, nya kamrater, nya lärare och nya regler. Var inte oroliga, redan efter en vecka känner ni er hemma här. Ni som går i första klass följer mig till ert klassrum. Övriga elever sitter kvar och inväntar vidare instruktioner från era klassföreståndare.

När Biederman gick uppför mittgången, reste sig de yngsta eleverna, sa hej då till föräldrarna och följde Biederman ut i korridoren utanför aulan. Gustave kände sig lättad då Natsume kom fram till honom.

– Jag har inte sett någon jag känner förutom dig. Det stod i brevet från skolan att vi slutar efter första lektionen. Ska vi hitta på någonting efteråt?

– Jag måste hem direkt, vi får besök av släktningar idag, sa Natsume.

Innan Gustave hann svara hade Biederman redan öppnat dörren till klassrummet och släppte in eleverna.

Biederman ställde sig vid katedern.

– Jag har inget krav på er var ni skall sitta, utan ni kan sitta vid bänkarna ni redan valt. Välkomna allesammans, jag heter Paul Biederman, undervisar i engelska, är er klassföreståndare och hoppas vi kommer att trivas tillsammans. De flesta av oss som är lärare på skolan är präster. Vill ni tala med en präst om någonting som ni har på hjärtat går det bra att prata med någon av era lärare. I första hand skall ni kontakta skolprästen Karl Wilhelm som har sitt rum i flygelbyggnaden på andra våningen.

Gustave såg sig omkring i klassrummet och såg att de flesta såg västerländska ut. Det var endast Natsume och några till som hade japanskt utseende.

Biederman satte sig bakom katedern och framför honom låg en hög skrivböcker.

– Varje vecka kommer jag utse två ordningsvakter, som skall hjälpa mig med diverse saker. Jag kan redan namnen på två elever – Gustave och Natsume. Ni kan vara ordningsmän den här veckan. Ni kan komma fram och dela ut anteckningsböckerna. Ni skall använda dessa då ni skall lära er att läsa och skriva bokstäver. Idag skall vi ägna oss åt vad som är viktigt när vi skall berätta om någonting vi varit med om.

De tvekade och tittade på varandra. Sedan reste de sig samtidigt och gick fram och tog varsin hög och delade ut till klasskamraterna. Gustave såg på dem på nära håll. Han kände igen några som bodde på samma gata som han och fastän de inte talat med varandra nickade de åt Gustave, som blev varm inombords eftersom han kände sig accepterad. Det var inte hemskt, som han trodde att börja skolan.

Biederman gick fram till svarta tavlan och skrev »En resa jag gjorde i somras«.

– Vi skall gå igenom några saker att komma ihåg när vi skall berätta om någonting vi varit med om. Tänk er att ni skall skildra en resa. Hur skall vi på bästa sätt göra det? Idag skall vi lära oss hur vi kan planera innan vi börjar med att återge till exempel en resa. Det första vi skall göra är få med allt som man kan tänka sig ha med i sin berättelse. Vad skall man ha med i början, i mitten och i slutet. Tänk er att ni skall beskriva en resa som ni gjorde i somras. Är det någon som har ett förslag till en inledning?

En elev med ljust, kortsnaggat hår och glasögon räckte snabbt upp handen.

– Jag skulle börja med hur vi planerade vår resa och att jag längtade att få åka iväg.

Biederman svarade:

– Du börjar med att planera resan, det är bra, fler förslag?

Gustave räckte upp handen.

– Jag hade berättat om att mamma och jag och satt på tåget på väg till Kamakura.

– Du startar direkt med resan, Gustave. Som ni märker av förslagen kan vi inleda på olika sätt, det finns inte ett enda sätt att börja en berättelse på utan vi får lita på vårt eget omdöme.

Biederman satte sig ner och tittade på den stora väggklockan.

– När ni börjar er berättelse med en kort inledning skall ni sedan övergå till själva resan och till sist skall ni ha en avslutning. Är det någon som har ett förslag på en fortsättning efter inledningen.

En elev med japanskt utseende räckte upp handen.

– Jag skulle berätta om vad jag mindes av resan sedan jag kommit hem.

– Det verkar som ni är duktiga på att berätta, det skall bli intressant att höra era berättelser. Till nästa lektion skall alla kunna berätta början om en resa ni gjort och sedan fortsätter vi med hur vi kan dela upp berättelsen i olika avsnitt. Idag har ni inga fler lektioner, därför får ni gå hem efter denna lektion.

Då Gustave tog skolväskan och skulle hinna i kapp Natsume kom Biederman fram till honom.

– Kan du stanna kvar en stund, jag skulle vilja prata med dig.

När de blev ensamma i klassrummet satte sig Biederman mitt emot Gustave.

– Vi har inte direkt träffat varandra på tu man hand. Har du tid att prata, om du inte har bråttom hem.

Gustave var inte beredd på att stanna kvar i skolan men eftersom Natsume ändå skulle hem spelade det ingen roll.

– Jag kände din pappa och vad du än hört eller läst om honom var han en rejäl man med fasta principer. Han trodde fullt och fast på att han kunde göra världen mer rättvis och jämlik. Han tänkte på dig och därför bad han mig att ordna din skolgång. Jag vill ha sagt detta så att du skall veta var du har mig. Är det någonting som du vill prata om eller är bekymrad över kan du komma till mig.

För första gången förstod Gustave vad han saknat – att samtala med någon han fick förtroende för direkt. Han hade ingen pappa men om han haft en pappa önskade Gustave han skulle vara som Biederman.

– Jag träffade din pappa innan han... han gick bort. Jag vet inte hur mycket din mamma berättat, om det är någonting som du vill veta mer, tveka inte utan kom till mig och fråga.

Gustave hade många frågor men han ville vänta med dessa tills han lärt känna Biederman bättre. Innerst inne ville han få reda på allt om sin pappa, samtidigt som han var rädd att få veta allt. Något i hans inre kämpade emot att få reda på allt om pappas död. Han visste att han inte fått höra allt från mamma. Han hade heller inte pressat henne att få höra sanningen. Gustave visste inte hur han skulle svara Biederman men bestämde sig att vara uppriktig.

– Kan jag komma till dig längre fram eftersom jag är rädd att få reda på allt kring pappas död.

Biederman svarade:

– Ta den tid du behöver och ärligt talat behöver vi inte få reda på allting om våra föräldrar. Livet går vidare ändå. Och vi får leva med våra funderingar. Jag vet att min pappa satt några månader i fängelse, men vi pratade inte om det hemma. Mamma hade sagt till oss att han rest utomlands ett tag. Vi kände alla till sanningen att pappa förskingrat pengar från banken han var chef för.

Han reste sig upp och hämtade sin portfölj.

– Du kan när som helst tala med mig om allt, det är bara att söka upp mig här på skolan, om jag inte har lektioner sitter jag för det mesta på mitt rum mittemot skolprästen i flygelbyggnaden. Du får nog gå hem så din mamma inte blir orolig, hälsa henne från mig.

Han öppnade portföljen och tog fram ett fotografi och gav det till Gustave.

– Detta får du, behåll det som ett minne.

Gustave tog kortet som föreställde pappa tillsammans med Biederman framför ett vitt hus och i horisonten skymtade ett stort berg.

– Bilden är tagen vid foten av Fuji där vi vandrade i två dagar. Det var de finaste dagarna i mitt liv.

När han kom hem berättade Gustave att han talat med Biederman, men undvek att säga att han sagt att han kunde fråga honom allt om pappa. Gustave tog fram fotografiet han fått och då Hanako fick se bilden föll hon i gråt.

– Du är vuxen, det är dags för dig att höra sanningen.

Hon berättade hur de träffades och att hon efter en tid flyttade hem till huset i Ōmori. Först trodde hon att han arbetade som journalist vid tyska ambassaden. Så småningom förstod hon att han även ägnade sig åt en annan verksamhet. Hon hade träffat hans bekanta som inte tillhörde ambassaden och en kväll råkade hon lyssna på ett samtal mellan Sorge och en hög uppsatt ämbetsman som var rådgivare åt Japans premiärminister. Hanako var inte politiskt insatt men förstod att samtalet rörde sig om militära hemligheter. Vid det tillfället, visste hon inte vem det var, det var senare när hon fick reda på att han hängdes för högförräderi samma dag som Sorge avrättades.

– Din pappa var inte kriminell, det var inte därför han satt i fängelse. Han hade starka politiska åsikter och vad som var rätt och fel och hur ett land bör styras.

– Varför satte de honom i fängelse?

– Han nöjde sig inte med att ha synpunkter utan satte dem i handlingar. Han hade nära kontakt med Sovjetunionen, som styrdes med idéer liknande hans tankar. Han ville att Sovjetunionen skulle vinna kriget och därför hjälpte han landet med uppgifter som skulle bidra till att de skulle besegra Tyskland.

– Jag har läst om pappa att han var spion, det var därför han avrättades.

– De flesta skulle betrakta honom som spion men det finns människor som säger att han inte var en förrädare utan en som bidrog till att kriget förkortades på grund av hans agerande.

– Hur avrättades han, frågade Gustave, även om han visste det.

Hanako såg både förskräckt och tveksam ut och dröjde

med svaret. Hon frågade sig varför hon inte vågat nämna
för Gustave hur han blivit avrättad.

Oktober 1949

9

Gustave, var det inte idag du skulle träffa Natsume, du får skynda dig så ni får bra platser, sa Hanako.

De hade bestämt att träffas i Motomachi-parken klockan tolv för att se en kamishibai-föreställning. Den tredje lördagen, varje månad, hade den gamle mannen cyklat till parken och ställt upp en låda på pakethållaren. Sedan hade han visat tecknade pappbilder, som han drog fram ur lådan, allteftersom han berättade en spännande historia.

När Gustave närmade sig parken såg han en klunga av pojkar och flickor i hans ålder som samlats kring den gamle mannen. Natsume stod nära cykeln med lådan på pakethållaren och när han fick se Gustave ropade han:

– Skynda dig, jag håller en plats åt dig här.

Att Natsume fick lov att hålla en plats och komma nära skådespelet berodde på att han köpt karameller av den gamle. Den som köpt godis fick en favör – att få en bra plats. Gamlingen tog fram två stycken klappbräden och slog dessa hårt mot varandra.

– Välkomna allesammans, föreställningen börjar snart. Idag skall jag berätta för er om Urashima, fiskaren som träffade havsguden. Missa inte denna spännande berättelse.

Den gamle drog fram en pappskiva från scenramen som föreställde hur Urashima räddar en havssköldpadda, som några pojkar höll på att plåga. Han talade långsamt med inlevelse och lyckades väcka intresse hos barnen. För varje bild som drogs fram lyssnade alla andäktigt. Bilderna föreställde belöningen för Urashimas godhet, hur han mötte havsguden tillsammans med dennes vackra dotter. Urashima stan-

nade i havsgudens palats i tre år och då han till slut ville återvända hem fick han med sig en magisk ask som gåva. Innan han gav sig iväg lovade han havsguden att inte öppna asken. När Urashima äntligen nådde hembyn kände han inte igen sig. Allt var förändrat och människor var främlingar. Till slut träffade han en åldring och frågade honom:
– Känner du till en fiskare som heter Urashima?
– Den gamle rev sig i huvudet.
– När jag var barn hörde jag en gammal sägen om en fiskare som hette Urashima och som omkom i en fruktansvärd storm ute till havs.
Urashima blev alldeles stel och insåg att tiden hos havsguden stått stilla medan hundra år hade förflutit i det verkliga livet. I sin bedrövelse glömde han bort löftet han gav havsguden och öppnade den magiska asken. I samma stund förvandlades han till en åldrig gubbe.
Den gamle mannen som hade dragit fram den sista bilden sa:
– Om du vill leva ett lyckligt liv, ta vara på din tid här på jorden, behandla dina medmänniskor och djur väl, undvik att bryta löften och gläd dig åt livet.

När Gustave och Natsume skulle lämna Kamishibai-föreställningen kände Natsume igen två av pojkarna som bråkat med Gustave.
– Vi följer efter dem och ser vart de tar vägen, sa Natsume.
Gustave blev tveksam men Natsume övertalade honom.
– Jag ska bli polis när jag blir stor, då måste jag lära mig hur man skuggar bovar.
– Ok, låt gå för det, vi gör det, sa Gustave.
Natsume och Gustave höll sig på lagom avstånd för att inte bli upptäckta. De såg hur pojkarna vek av gångstigen, gick tvärs över en gräsmatta, klev över ett järnstaket och gick över ännu en gräsmatta tills de kom fram till en buxbomshäck. Där fanns en öppning i häcken som pojkarna

kröp in i och försvann på andra sidan. Natsume och Gustave böjde sig ner och tittade in genom öppningen och såg två äldre pojkar, som jagade en kaja med bambuspön. En av dem slog ett kraftigt slag över ena vingen så att kajan vinglade till och sedan låg den på sidan och darrade. De två som kommit nyss skrattade åt kajan. En av pojkarna som verkade vara ledaren vrålade:

– Idioter, ni skulle vara här för länge sen, har ni inte spik och hammare med er blir det jävligt synd om er.

Sedan tog ledaren fram en bräda, tog kajan och lade den på träskivan.

– Ge hit hammaren och spikarna, sa ledaren.

– Jag vill inte se mer, jag måste ingripa, sa Natsume.

– Gustave höll fast honom.

– Du kan inte göra någonting för kajan, den kommer dö. Vi vet vilka de är. Vi sätter dit dem senare.

Med ena vingen fastspikad på brädan försökte kajan springa runt i cirklar för att undkomma plågoandarnas hugg och slag. Utan att tveka reste sig Natsume, grep tag i en stor sten och sprang fram till pojkarna, som för sent upptäckte den vrålande inkräktaren. Den här gången tänkte inte Natsume skona dem, han skulle ge dem stryk. Fastän Natsume var yngre än pennalisterna kunde han ändå mäta sig med dem. Tjutande som ett vilddjur slog han med stenen ner ledaren, som föll med ett blödande sår i ansiktet. En av pojkarna kastade en läskedrycksflaska mot Natsume, som duckade. Nästa offer för hans vrede blev en av pojkarna som sparkat Gustave i magen. Han låg på marken och kved och höll om sitt blödande huvud. När de andra såg vad som väntade dem tog de till flykten. Natsume vände sig till de båda på marken.

– Jag har inte tid med er och det är tur för er, försvinn härifrån era fega ynkryggar, innan jag ångrar mig.

De båda reste sig upp, gråtande och lommade iväg. När de hunnit ikapp kamraterna ropade ledaren sturskt:

– Era svin, ni kommer få ångra er, nästa gång vi träffas
    blir det synd om er.
Natsume tog inte notis av hotet utan var koncentrerad på
att rädda kajan.
– Skynda dig Gustave, hjälp mig att hålla fast fågeln så
    att jag kan ta bort brädan.
Fortfarande darrande av vrede lyckades Natsume försik-
tigt ta loss den fastspikade vingen från brädan. De båda
insåg att vingen var bruten och att kajan inte skulle kunna
flyga. Med gråten i halsen harklade sig Natsume.
– Hur kan de vara elaka mot en stackars oskyldig fågel
    som inte gjort någonting ont? Vi får ta hand om fågeln
    för den kommer inte att klara sig.
Gustave sprang till en närliggande mataffär och frågade
om han kunde få en kartong att bära hem kajan med.
Under tiden letade Natsume efter läskedrycksflaskan
som tillhört en av pojkarna. Han hittade flaskan och
med hjälp av en pinne tog han upp den och virade in den
i sin tröja.
– Vad ska du med flaskan till? sa Gustave.
– Det får du se när vi kommer hem till mig, sa Natsume.
    Det märkliga var att kajan inte gjorde motstånd när Nat-
sume lade den i pappkartongen, som om den visste att det
var för hans bästa att ligga still i lådan. De bestämde sig att
gå hem och de turades om att bära kartongen. De stannade
till då och då och öppnade försiktigt på kartonglocket för
att se att fågeln levde. De kom överens om att kajan skulle
vara hos Gustave och att båda skulle ha ansvar för den. I
den lilla trädgården hade den förre ägaren lämnat kvar
en hundkoja och där skulle kajan få bo. De lade försiktigt
kajan inne i kojan och sedan tog Natsume fram fickkniven
och skar ut en bit av kartongen, som de haft kajan i och
satte pappskivan framför ingången till hundkojan. När
Gustave fick se fickkniven sa han:

– Akta så du inte skär dig i fingrarna, som morfar gjorde.
Han saknar ett finger.

– Vad sa du? Vilket finger saknar han?

– Lillfingret, hursa?

Natsume som var mer försigkommen än Gustave och läst
om Yakuza sa:

– Din morfar måste ha varit med i Yakuza och gjort en
'Yubitsume'. Han hade skurit av halva lillfingret som
ett sätt att gottgöra ett misstag han begått mot ledaren.

Gustave sa ingenting. Han kunde inte tro att morfar skulle
vara inblandad i något sådant sammanhang.

Den natten kunde Gustave knappt sova. Han hade varit
ute i trädgården tre gånger för att se till att kajan hade
det bra i kojan. På morgonen hade Gustave berättat för
mamma vad som hänt och att han och Natsume skulle ta
hand om kajan. När Gustave skulle gå ut i trädgården sa
Hanako:

– Ni får ge ett namn åt den stackars fågeln och hålla ett
öga på grannens katt.

Det var söndag och de båda vännerna hade bestämt att
träffas så fort de ätit frukost. När Gustave kom ut hade
Natsume redan kommit och tittat till kajan.

– Det verkar som han kommer klara sig, sa Gustave.

– Förresten tror jag att jag vet vilka de är som plågat ka-
jan. När jag kom hem igår och berättade för farfar om
vad som hänt sa han att grannens katt plågats ihjäl. Jag
är säker på att det är samma gäng som vi träffade på
igår, sa Natsume.

– Hur kan du vara säker på det?

– På sättet de dödat katten. De hade spikat fast kattens
framtassar på en bräda och låtit honom dö. När grannen
hade hittat den döda katten utanför deras tomt såg de
att katten försökt att gnaga av ena tassen från brädan
för att komma loss. Vi måste sätta dit gänget, de får inte

fortsätta så här. Jag ska bli polis när jag blir stor. Vad ska du bli?

Gustave visste vad han skulle bli, han skulle bli som Biederman men det ville han inte säga till Natsume eftersom han inte förstod vad för slags yrke Biederman hade. Han hade sagt till mamma en gång att han ville bli som Biederman och då hade Hanako blivit rörd.

– Jag har inte tänkt så mycket på det, i alla fall inte polis, sa Gustave.

Natsume böjde sig ner och tittade in i kojan.

– Vi lovar dig att hitta skurkarna och när jag får tag på dem kommer de att ångra att de plågade dig.

Kajan tittade på dem med sina mörka ögon och Gustave kände under en bråkdels sekund en varm samhörighet med fågeln.

– Jag tycker att vi sätter igång med att ta reda på var pojkarna bor. Vi går hem till mig och planerar hur vi ska sätta dit dem, sa Natsume.

Natsume som var intresserad av detektivarbete hade läst att man skulle ta vara på allt som fanns på en brottsplats för att undersöka spår som kunde leda till brottslingarna. Därför tog de med sig brädan som kajan var fastspikad på.

De gick igenom Honmoku Sancho-parken, ner till hamnen där Natsumes farföräldrar bodde. Hans farfar hade tidigare haft en båtuthyrningsfirma och skylten fanns fortfarande kvar. Gustave hälsade på det gamla paret och Natsume visade Gustave in till sitt rum. På väggen ovanför skrivbordet hängde ett inramat foto av Natsumes föräldrar och i bokhyllan stack en stor låda fram, som Natsume tog ner och ställde på bordet.

– Den här lådan innehåller saker som riktiga detektiver använder. Jag skall visa dig hur vi kan fånga kattplågarna.

När Natsume fyllt år hade farfar varit inne i en amerikansk bokhandel och köpt en detektivlåda, som hörde till en bok som hette 'The Hardy Boys Detektive Handbook', men lådan kunde även köpas separat. Farfar tyckte att det var onödigt att köpa boken eftersom den var på engelska. Även om sakerna i lådan var ämnad för barn kunde Natsume ändå använda dem till enklare detektivarbeten. Han lärde sig snabbt hur man tog fingeravtryck med hjälp av fingeravtryckspulver och han hade även lärt sig att hantera ett mikroskop.

Natsume gick ut i köket och hämtade ett glas och torkade det omsorgsfullt med en ren handduk.

– Låtsas att du dricker, ta glaset och för det till munnen, sa Natsume.

Gustave gjorde som han blivit tillsagd. Sedan tog Natsume på sig ett par tunna gummihandskar, tog glaset och pudrade glaset med fingeravtryckspulver. Han väntade en stund, tog därefter en pensel och borstade försiktigt bort pulvret från glaset. Kvar blev ett par synliga fingeravtryck.

– Jag tar en bit fingeravtryckstejp, klistrar den på fingeravtrycken och sedan förstärker jag den med en svart plastremsa. Ser du de perfekta avtrycken, vitt på svart?

Gustave var mållös och imponerad. Natsume tog fram en stämpeldyna och avtryckspapper och lät Gustave svärta ner fingrarna och sedan göra ett avtryck på det vita papperet. Natsume synade avtrycken och lät även Gustave se på avtrycken med förstoringsglaset.

– Ser du att fingeravtrycken på glaset och på papperet är identiska, du skulle inte ha en chans att kringgå bevisen mot dig. Jag skall visa dig varför jag tog hem läskedrycksflaskan. Vi gör ett fingeravtrycksprov på flaskan så har vi det första beviset. Lyckas vi få tag i pojkarna ska jag låta dem göra ett fingeravtrycksprov. Vi går till bevis nummer två.

Natsume tog fram brädan som kajan var fastspikad på.

– Vi går till grannen och frågar efter brädan som katten
   varit fastnaglad på, sa Natsume.
Grannen hämtade brädan och Natsume jämförde de båda
bräderna och det visade sig att de hade samma gröna ny-
ans. Gustave kände igen färgen. När han och mamma var
på väg till järnvägsstationen den dagen de skulle till Ka-
makura gick de förbi lokstallet. Staketen runt byggnaden
var övermålade med en särskild blågrön kamouflagefärg.
– Har vi tur bor pojkarna i närheten av lokstallet. Jag kan
   bevaka området där och se om jag känner igen någon
   av pojkarna. Jag kommer hem till dig så fort jag får syn
   på dem, sa Natsume.

Några dagar senare kom Natsume hem till Gustave och
hade goda nyheter.
– Jag har spanat varenda dag omkring lokstallet och idag
   upptäckte jag en av pojkarna, som kom gående mot mig.
   Jag vände mig om så han inte skulle känna igen mig,
   sedan följde jag på avstånd efter honom och efter några
   hundra meter vek han av och gick in i ett av husen.
De beslöt att gå till polisstationen i närheten av järnvägs-
stationen. De träffade lokalpolisen Tanaka Hiroshi, som
lyssnade intresserat på Gustaves och Natsumes redovis-
ning för vilka bevis de hade mot pojkarna. Han blev im-
ponerad när Natsume visade honom fingeravtrycken från
läskedrycksflaskan.
– Vi går tillsammans till lokstallet, så visar ni mig vilket
   hus pojken gick in i.
När de kom fram till huset knackade polisen på dörren och
en kvinna öppnade. Polisen berättade vad hennes son var
misstänkt för och kvinnan kallade på honom. Han nekade
först och sa att han inte visste vad polisen pratade om. När
han hörde Natsume berätta vilka bevis han hade kommit
fram till och polisens hot att han skulle få följa med till po-

lisstationen för att ta fingeravtryck erkände han gråtande vad han gjort och avslöjade även namnen på kamraterna.

Innan polisen gick iväg med den snyftande pojken sa han till Gustave och Natsume:

– Ni kan vilken dag som helst komma ner till polisstationen så skall jag bjuda er på läsk, sedan vände han sig till Natsume.

– Jag är imponerad av ditt detektivarbete, jag tycker du ska satsa på att bli polis när du blir stor, kontakta mig ifall du behöver hjälp i framtiden, sa han och gav Natsume sitt visitkort.

Maj 1959

10

Om ett år lämnar vi denna byggnad för gott, sa Gustave.
— Skall bli skönt, det kändes segt idag, särskilt sista lektionen, sa Natsume.

När de gick förbi Saint Mary's katolska flickskola, frågade Natsume:

— Snart tar väl Sarah sin examen?
— I övermorgon, sedan skall hon flytta till Nya Zeeland, hennes pappa har fått en ny diplomattjänst.
— Det var tråkigt, hur blir det mellan er?
— Det vet jag inte, skall hem till henne i eftermiddag och prata om hur vi ska ha det.

Gustave var på väg hem till Sarah och hade många funderingar kring deras förhållande. Han mindes första gången han såg henne, det var en morgon och han var på väg till skolan. Det var en flicka som han inte sett tidigare i kvarteret och han tyckte hon såg intressant ut med sitt långa blonda hår och självsäkra uppsyn. Hon och hennes familj hade flyttat in i ett hus inte långt ifrån Gustave. De hade samma väg till sina respektive skolor, han till Saint Joseph och hon till Saint Mary's katolska flickskola. Efter några veckor hälsade de på varandra och efter ytterligare någon vecka var det Sarah som tog den första kontakten när hon frågat Gustave om han pratade engelska. Hon berättade att hon kom från England och var nyinflyttad och inte kände till Yokohama och ville veta var hon kunde köpa engelska böcker.

De började träffas efter skolan och efter en tid även på eftermiddagarna. På helgerna umgicks de hela dagar och så småningom kunde de inte vara ifrån varandra. De trivdes i varandras sällskap och de kunde prata i timmar om böcker och musik, som var deras gemensamma intressen. Gustave tyckte året tillsammans med Sarah gått fort och om någon månad skulle allt vara över. Han tänkte på avståndet. Hon i Nya Zeeland och han i Japan. Hur var det möjligt att de skulle kunna fortsätta vara tillsammans? Även om båda ville det, skulle avståndet ta död på deras kärlek. Sarahs mamma var säkert glad att det skulle ta slut mellan dem.

Gustave knackade på dörren och det var Sarahs mamma som öppnade. Mamman var artig och trevlig men han visste att det hela var ett spel av en väluppfostrad kvinna. Han kände på sig att hon inte accepterat honom. Hade hon fått reda på vem hans pappa var? Varför behandlade hon honom som en främling?

Han gick upp till Sarahs rum på andra våningen och när hon fick se Gustave reste hon sig upp från sängen, lade armarna om honom och kramade honom. Sarah hade börjat läsa om zenbuddhismen och detta hade återspeglat sig på hennes sätt att leva. Hon hade medvetet inrett sitt rum sparsamt, inga soffor eller fåtöljer, endast ett skrivbord, en stol och en säng. Gustave satte sig på sängkanten bredvid Sarah och frågade:

– När ska ni flytta till Nya Zeeland?
– Jag vill inte flytta ifrån dig, helst hade jag velat stanna kvar i Japan men mamma och pappa går inte med på det. Så fort jag blir myndig skall jag flytta hemifrån. Vi pratar om någonting annat. Vad ska du göra efter din examen?
– Jag funderar på att söka till ett katolskt prästseminarium i Fukuoka, svarade Gustave.
– Det ligger jättelångt härifrån. Så du tänker bli präst?
– När du inte längre är kvar här, vad spelar det för roll?
– Vet du vad du ger dig in i? En katolsk präst får inte ha sex.

Sarah såg allvarligt på Gustave.

– Kommer du inte sakna mina kyssar och smekningar, känslan av min närhet, hud mot hud? Vi är sexuella varelser, vi måste få utlopp för våra drifter, det är bara naturligt. Jag tänker på mina lärare, de flesta är nunnor, undrar hur de klarar sexdriften. Jag skulle vilja veta vad de sysslar på kvällarna. Kommer du skämmas att vi älskat med varandra?

Gustave kramade Sarah.

– Du vet att jag inte kommer älska någon annan än du. Du kommer finnas i mitt hjärta, det räcker.

Sarah lade huvudet på sned och log.

– Jag tycker du ska välja ett annat yrke. Är det din lärare, vad var det han hette, Biederman, är det han som inspirerat dig att bli präst?

– Jag ska träffa honom och diskutera framtiden och det gäller inte val av yrke, det har han inte fört på tal. Han tar hand om min ekonomi, det var pappa som bestämde det. Jag fyller arton och ska ta hand om min ekonomi, det är det som vi ska samtala om.

Sarah visste inte mycket om Gustaves bakgrund, inte mer än att hon kände till att hans pappa var död.

– Biederman är väl som en pappa för dig?

– Gustave svarade inte utan frågade vilken dag de skulle flytta.

– Jag misstänker att mina föräldrar medvetet undvikit att säga vilken dag det blir, jag hatar dem.

Det hördes en försiktig knackning på dörren och Sarahs mamma tittade in och frågade om de ville ha en kopp te.

– Nej tack, Gustave ska gå hem, sa Sarah och när mamman stängt dörren sa hon:

– Jag känner henne, det var inte av vänlighet utan enbart av nyfikenhet som hon frågade.

De bestämde att Sarah skulle komma hem till Gustave efter hennes examen. De kramade och kysste varandra och

Gustave gick försiktigt ner för trapporna för att undvika träffa Sarahs mamma.

En vecka hade gått sedan Gustave och Sarah senast såg varandra. Han väntade på att Sarah skulle komma hem till honom. Efter ytterligare några dagar bestämde han sig att gå hem till henne. Han stod utanför hennes hus och upptäckte att någonting var konstigt. Huset såg obebott ut med neddragna gardiner och de flesta fönsterluckorna var tillbommade. Gustave kände sig kall inombords. Han ringde på hos grannen och mannen som öppnat dörren sa att flyttbilen kommit för några dagar sedan och familjen hade tagit farväl av grannarna. Han berättade att grannen fått en ny tjänst i Nya Zeeland. Gustave kände sig stum och nyheten trasade sönder hans hopp om att träffa Sarah. Han gick hem, frånvarande som i trance och låste in sig i sitt rum. Hanako undrade vad som hänt och knackade på hos Gustave. Han hade låst dörren och svarade inte på hennes frågor. Senare på kvällen kom han ner till köket och berättade vad som hänt och Hanako försökte trösta sin son.

– Om det är sant att hennes föräldrar inte sagt när de skulle flytta betyder det helt enkelt att de ville att ni två inte ens skulle få ta farväl av varandra.

Efter två veckor kom ett brev, poststämplat i Nya Zeeland från Sarah:

Jag vet att du inte kommer förlåta mig för att jag inte tog ett riktigt farväl av dig. Jag hoppas detta brev får dig att förstå varför jag inte tog kontakt med dig innan vi for iväg. Jag hatar mina föräldrar.

Den dagen du var hemma hos mig frågade de ut mig om vårt förhållande, om vi legat med varandra, om jag kände till någonting om din bakgrund, om jag visste vem din pappa var. Jag vägrade svara på deras frågor och låste in mig i mitt rum.

Pappa hade tagit reda på din pappas bakgrund och hur han dog. Han berättade allt han visste. De förklarade att de under inga omständigheter ville att deras dotter skulle umgås med sonen till en spion och en landsförrädare. Jag svarade att du inte kunde vara ansvarig för vad din pappa gjorde under kriget. De vägrade lyssna på vad jag hade att säga.

Jag är så ledsen och har gråtit varenda dag och tänker bara på dig. Jag sa till dem att jag tänker rymma hemifrån. De sa att jag måste vänta tills jag blir myndig och till dess har de ansvar för mig. Det kommer jag inte finna mig i. Jag vet inte riktigt hur jag ska göra. En sak vet jag och det är att jag inte vill ha med föräldrarna att göra, nu och i framtiden. Det enda jag vill, är att vi ska vara tillsammans. Om du vill skriva till mig ska du inte skriva till min hemadress utan till en adress som jag kommer skicka till dig så småningom.

Kramar och kyssar, din Sarah

Gustave läste brevet flera gånger och insåg förståndsmässigt att det inte var Sarahs fel men kunde inte ta in det känslomässigt utan brottades med tanken på Sarahs svekfulla sätt att göra slut på deras vänskap och förhållande.

Dagarna som följde efter Sarahs uppbrott blev svåra för Gustave. Han undvek Natsume och klasskamraterna och så fort lektionerna var slut för dagen skyndade han sig hem och låste in sig på sitt rum. Han kände sig tom och hjälplös och det var som om tiden blivit rubbad. Dagarna flöt på som vanligt men han kunde inte särskilja de olika dagarna. Hanako var förstående och höll sig undan för hon visste Gustave behövde tid att bearbeta allt han gått igenom och låta läkningsprocessen få ta sin tid.

Efter en vecka förstod Gustave att han inte kunde fortsätta isolera sig från världen. Han kontaktade Natsume och samma eftermiddag satt han hemma hos sin vän och

allt kändes bättre då han insåg värdet i att ha en kompis
att anförtro sig åt. Deras samtal handlade om flickor som
de kände och Gustave var den som hade mest erfarenhet.
Natsume erkände att han inte haft sex med en flicka.

– Snart är jag klar med min examen och ska ut i den verk-
liga världen och så har jag noll erfarenhet av sex, jag
skäms. Jag har funderat på att åka in till Tokyo någon
kväll.

Natsume berättade att han hört av äldre killar att om man
ville ligga med en kvinna skulle man besöka ett kvarter
som hette Yoshiwara i Tokyo. Gustave försökte övertala att
vänta för tids nog skulle han träffa en flicka men Natsume
ville inte höra på hans vänliga råd.

– Jag vill ha detta överstökat, jag kan inte gå omkring som
en eunuck, en oskuld utan erfarenhet av kvinnor. Om
du inte vill följa med åker jag ensam in till Tokyo.

Till slut gick Gustave med på att följa med, på ett villkor,
han ville absolut inte följa med Natsume in till en bordell.

Några dagar senare följde Gustave motvilligt med Nat-
sume in till Tokyo. Med hjälp av en gammal stadskarta le-
tade de sig fram till ett kvarter som skulle vara Yoshiwara.
Det visade sig vara ett helt vanligt kvarter med vanliga
bostadshus. De frågade sig fram och träffade en äldre man
som förstod vad de var ute efter.

– Hela kvarteret är återbyggt efter ett amerikanskt
bombanfall 1945, sa mannen och fortsatte:

– Jag gissar att ni inte är här av historiska intressen utan
av helt andra skäl. Jag får råda er att ge er av härifrån.
Ni passar inte in här, lyd mitt råd, åk hem.

Natsume kände sig avslöjad och avklädd och blev över-
rumplad av mannens raka besked men fann sig och sa:

– Så ni kan inte rekommendera något ställe med flickor
här i kvarteret?

Mannen betraktade dem med ett småleende, nickade och
sa:

– Ni ger er inte, om ni ändå vill besöka det jag tror ni är
ute efter så rekommenderar jag huset längre ner i grän-
den, det enda stället som är kvar som inte revs, där finns
flickor i er ålder.
De gick in i en smal passage och efter en stund stod de
framför ett hus som skiljde sig från de övriga husen ge-
nom de röda lyktorna som lyste i fönstren.
När de skulle gå in i huset ångrade sig Gustave och Nat-
sume gick ensam in i entrén. Han gick en bit bort och satte
sig på en bänk. Samtidigt som Natsume steg in i huset kom
en flicka ut från entrén och fick syn på Gustave.
– Vågar du inte gå in? Sitter du och väntar på din vän? Jag
antar det var honom jag mötte i entrén, har jag inte rätt?
Gustave nickade men tvekade att inleda ett samtal.
– Jag vet vad du tycker om mig men vi kan väl prata.
Han blev nyfiken på flickan som verkade rar på något sätt.
– Jag sitter och väntar på min kompis, jobbar du därinne?
– Vet inte om det är det rätta ordet. Visst, jag jobbar här,
det är nog första gången du pratar med en flicka som
jag, eller hur? Du ser inte ut som en japan, var kommer
du ifrån?
Gustave ville inte avslöja någonting om sig själv för en
främling men någonting hos flicka gjorde att han sa:
– Jag har en förälder som är västerlänning och en som är
japan. Hur kommer det sig du jobbar här?
– Nu ställer du en personlig fråga, det finns en orsak till
varför jag är här. Orkar du höra?
Gustave nickade och makade på sig åt sidan så flickan fick
plats bredvid honom. Hon presenterade sig som Akiko.

– Jag kommer från en liten by utanför Kobe. Före kriget
var alla i familjen lyckliga, pappa arrenderade mark och
odlade ris och grönsaker. Min bror hade börjat studera
vid universitetet. Sedan kom kriget och allt förändra-
des, staten krävde tillbaka lån från arrendatorer, som i

sin tur krävde tillbaka lån från fattiga bönder. Säg till om jag tröttar ut dig.

– Jag lyssnar gärna, sa Gustave.

– Du undrar varför jag berättar allt detta för dig. När du inte följde med kompisen in i huset förstod jag att du inte är som alla andra män. Jag tror du har en flickvän? Jag har inte kunnat prata om allt det som jag har inom mig för någon, jag litar inte på någon människa, men jag såg direkt att dig ville jag prata med, får jag det?

Gustave nickade och Akiko fortsatte berätta att efter kriget fick familjen allt svårare att klara av att betala av lånen och samtidigt sköta jordbruket. En dag kom arrendatorn hem till dem och föreslog en lösning. Pappan skulle skriva under ett kontrakt med fordringsägaren där han förband sig att dottern skulle arbeta på en bordell under tre år och under denna tid skulle skulden dras av på flickans inkomster.

– Jag rymde hemifrån och jag har en bror som...

Hon avslutade inte meningen, tvekade om hon skulle fortsätta berätta, gjorde en paus och stirrade framför sig, sedan fortsatte hon:

– Genom sina kontakter ordnade min bror åt mig ett arbete som hembiträde hos en välbärgad familj i Yokohama. Det gick bra i början, så småningom började mannen i huset göra sexuella inviter, som jag avvisade. Det slutade med att mannen våldtog mig. Han anklagade mig för att allt var mitt fel och jag vågade inte anmäla honom. Mina föräldrar försökte övertala mig att gå till polisen men det enda jag ville göra var att fly därifrån. Jag ville inte att föräldrarna skulle bli inblandade, därför åkte jag till Tokyo och sökte jobb.

Akiko grät och Gustave kände sig tafatt och visste inte vad han skulle göra. Hon tog sig samman och fortsatte:

– Jag var förtvivlad och desperat och var ett lätt villebråd för onda män. Till slut hamnade jag på gatan och allt som jag tjänade gick till min så kallade beskyddare.

- Varför åkte du inte hem till föräldrarna?
- Jag skämdes och ville inte mamma och pappa skulle bli indragna i mitt elände. Återigen flydde jag och till slut hamnade jag här, sa hon och pekade på huset med de röda lyktorna.
- Här får jag åtminstone behålla en del av lönen. Jag har uppehållit dig för länge, tack för att du orkat lyssna på mig

Gustave skulle säga någonting då han såg Natsume komma ut från huset. Flickan vände sig om och kände igen Natsume som hon stött på i entrén. Hon reste sig och sa till Gustave:
- Tänk om jag träffat dig för två år sedan, det är väl ingen idé jag säger 'vi ses snart' eller hur?

Gustave skulle svara flickan men när han vände sig om var hon redan försvunnen.
- Hur gick det? sa Gustave.
- Kom, vi går härifrån, jag berättar sen, sa Natsume.

Gustave kunde inte låta bli att tänka på flickan, som verkade skör och rar och han ångrade att han inte frågat efter hennes adress. Han funderade på att åka in till Tokyo och söka upp henne men visste att det var en dålig idé. Fortfarande hade han Sarah i sina tankar och insåg att han inte ville trassla in sig i ett nytt förhållande, som var dömt att misslyckas med tanke på deras vitt skilda bakgrunder.

Några veckor senare satt Gustave och bläddrade förstrött i Asahi Shimbun och fick syn på rubriken 'Självmordsklippan utanför Kobe' och ett fotografi av en flicka, som han genast kände igen. Gustave läste artikeln:
Det sjätte offret i år, som kastat sig ut för stupet vid järnvägskurvan utanför Kobe, blev Akiko Yasuda, arton år. Ända sedan 1920-talet har unga kvinnor kastat sig utför stupet när ingen lösning fanns för deras problem. Tidningen har försökt få en

*intervju med flickans föräldrar med de har avböjt. Rättslä-
karen kunde konstatera att Akiko Yasuda var gravid i tredje
månaden.*

December 1960

11

Masashiro Yasuda gick fram till vaktkuren och bugade sig.

– Fånge 582 ber vördsamt om att få tillbaka sina tillhörigheter.

– Det är du som ska friges idag va? Du kan lägga av skitsnacket.

Vakten kom tillbaka och räckte över en brun papperspåse till fången.

– Det här är allt som finns kvar efter åtta år. Skriv under här och gå ut genom den vänstra porten.

Yasuda kände igen armbandsuret, som vakten bar på armen och guldkedjan runt halsen. Utan att säga ett ord tog han emot påsen, skrev under med sitt namn och gick sedan ut på den solbelysta innergården. En vakt följde honom den sista biten fram till stålgrinden. Med ett gnisslande ljud öppnades porten ut till friheten. En grön Isuzu Hillman Minx stod parkerad utanför grinden med motorn påslagen. Utan att vända sig om gick Yasuda fram till bilen, öppnade bildörren och satte sig i framsätet.

De båda männen nickade till varandra och Kazumi Kawashiro, som satt vid ratten sa:

– Åtta år en lång tid och mycket har hänt sedan vi sågs sist. Under fyra år i frihet har jag byggt upp en viss verksamhet.

Yasuda försökte bryta in i samtalet.

– Du håller käft när jag snackar. I Sugamo var du stöddig och hotade mig om jag yppade hemligheten, som du antagligen fortfarande tror på. Ja, prästen är fortfarande kvar i Japan. Du tror att jag idkar välgörenhet eftersom jag besökte dig i fängelset och hämtade dig idag.

Yasuda både hatade och fruktade Kawashiro och såg sig tvungen att hålla god min. Han knöt krampaktigt högerhanden men behärskade sig snabbt. Han insåg sitt underläge och bestämde sig för att ändra taktik.

– Under åren i fängelset har jag ändrat mig. Jag har lärt mig vilka som är vänner och vilka som är fiender. Jag uppskattar din vänlighet och du skall veta att jag kommer återgälda dig när vi får tag i pengarna från prästen.

Utan att ändra en min sa Kawashiro:

– Jag kör dig till Kanda och släpper av dig vid Yayoi Hotel, rum fem är reserverat i ditt namn. En hora väntar på dig, eller föredrar du att kalla dem för 'yami-no-onna'? Glöm inte Café Conga, Suzuran Boulevard, klockan nio imorgon kväll.

Kawashiro bromsade in med ett ryck framför hotellentrén, tände nonchalant en cigarett, tog fram en plåtask med hiropon och en bunt sedlar och räckte över dem till Yasuda.

– Stick nu, glöm inte imorgon kväll.

Yasuda hann knappt stiga ur bilen förrän Kawashiro med en rivstart försvann in i mörkret. Han gick in i hotellet, steg fram till receptionen, presenterade sig och fick nyckeln. Mannen pekade åt höger och flinade.

– Gå ut genom glasdörren till vänster, gå sedan gången fram till nästsista dörren till höger, där har du rum fem. Du behöver inte använda nyckeln för din fru väntar på dig.

Yasuda märkte att portiern sa 'din fru' med en viss betoning, för båda visste att kvinnor av den sorten inte fick vistas på Tokyos hotell. Utan att knacka öppnade Yasuda dörren. I halvmörkret satt en ung, naken kvinna med korslagda ben i en fåtölj.

Yasuda ryckte till och vaknade av ett skarpt metalliskt ljud när hotelldörren slog igen. Doften av billig, stark parfym gjorde honom illamående. Han hasade sig upp ur sängen med en dunkande huvudvärk, letade efter huvudvärkspulvret, hällde upp vatten från en karaff i ett dricksglas, blandade i pulvret och med en grimas svalde han det ljumma vattnet. Han såg sig i spegeln och kände äckel. Hur hade han hamnat så djupt ner i det mänskliga träsket? Han som en gång i tiden tänkte sig en lärarbana. Kriget kom emellan och när han blev inkallad till militärtjänstgöring i Kina var han till en början entusiastisk och stolt att få tjänstgöra i den kejserliga armén. Han mindes sin far säga att kriget i Kina inte skulle vara långvarigt och efter tjänstgöringen i det militära kunde han återvända till universitetet och slutföra sin lärarexamen. Mamman vågade inte lägga sig i sonens framtid utan led i tysthet. Yasuda mindes avskedet vid järnvägsstationen, föräldrarna i tårar, hur mamman kramat honom hårt och önskat honom en lycklig resa, innan han steg på tåget till Tokyo.

När han återvände till hembyn två år senare hade han blivit en annan människa. Den 13 december 1937 i Nanking förvandlades han från en människa till en djävul. Hur många kinesiska soldater hade han torterat och sedan halshuggit dem? Hur många kvinnor och unga flickor hade han våldtagit, hur många barn hade han spetsat till döds, innan han blev sårad?

Eftersom han inte var stridsduglig blev han förflyttad till Enhet 731, officiellt en anläggning för vattenrening, i själva verket en forskningsanläggning kring biologisk och kemisk krigsföring. Där blev han assistent hos Shiro Ishii, chefsläkaren för Enhet 731. Yasuda beordrades att utföra vivisektioner på fångar, som blivit smittade av pestsmittade loppor för att ta reda på hur smittan påverkade organen i kroppen. Chefsläkaren hade uttryckligen gett order om att ingen bedövning skulle användas då detta kunde påverka resultaten. Yasuda övervägde flera gånger att desertera och överlämna sig till kineserna för att slippa utföra dessa grymma experiment på levande fångar.

Yasuda tjänstgjorde några månader vid Enhet 731. Sedan skickades han tillbaka till Japan för att få vård för sina skador. På båten hem träffade han sin studiekamrat Kawashiro, som också blivit sårad och hemskickad. De hamnade på samma sjukhus i Tokyo och när de blev utskrivna från sjukhuset föreslog Kawashiro att de skulle söka vakttjänst vid Sugamo-fängelset.

Efter en stadig frukost gick Yasuda tillbaka till hotellrummet för att planera för kvällen. Han hade gott om tid att tänka ut hur han skulle få tillbaka sin pondus och respekt han åtnjöt före fängelsetiden. Han kunde heller inte glömma samtalet i bilen, hur illa han blivit bemött av Kawashiro. Yasuda kände sig kränkt. Innan kriget kunde han lätt svälja en förtret, glömma och gå vidare. Fängelsetiden hade avsatt sina spår. Det spelade ingen roll ifall det rörde sig om en bagatell, han slog tillbaka hårt och skoningslöst. Han väntade på rätt tillfälle, sedan gick han till attack. Han mindes en gång i fängelsematsalen när han lämnat matkön för att hämta en bricka och en medfånge tagit hans plats. Sedan han ätit färdigt, närmade han sig medfången snett bakifrån och stack in en ätpinne i korsryggen på honom.

Lillasystern Akiko betydde allt för honom. De hade stått varandra nära och hon var den ende i familjen som besökt honom i fängelset. En dag hade systern kommit och var förtvivlad för att föräldrarna skulle skicka henne till en bordell och arbeta där i tre år i avsikt att betala av en skuld, som föräldrarna tagit. Yasuda hade blivit vansinnig när han fått höra vad föräldrarna tänkte göra och han försökte kontakta dem men de hade kapat alla band till honom. Nästa gång Akiko kom på besök övertalade

Yasuda henne att kontakta en gammal vän från tiden då han sysslade med svartabörshandel. Vännen hade kommit upp sig och var tjänsteman inom en bilkoncern. Vännen var skyldig honom några tjänster och kunde erbjuda systern ett arbete. Några veckor senare kom systern åter på besök och hade goda nyheter. Akiko hade fått arbete som hembiträde hos en hög tjänsteman vid Nissan Motor Co. Ltd. som var en kollega till Yasudas vän.

Dråpslaget kom när föräldrarna för första gången kom på besök och berättade det hemska som hänt. Yasuda svor att hämnas och detta löfte höll honom i liv resten av fängelsetiden. Han behövde kompanjonens hjälp att genomföra sin första plan, att hämnas lillasysterns död. Sedan skulle han ta itu med prästen och till sist skulle han ta hand om Kawashiro.

Klockan fem i nio steg Yasuda in på Café Conga. Han möttes av stark, billig parfym, pomada och cigarettrök. Skränig musik hördes från bortre hörnan av lokalen, ett amatörband sjöng Bill Haley & His Comets 'See You later, Aligator' på dålig engelska. Stället var mötesplatsen för sutenörer, gangstrar och medlemmar ur Yakuza. Likt den koloniserade försöker härma kolonisatören, men inte erkändes som kolonisatörens jämlike, rörde sig dessa ljusskygga smågangstrar kring Yakuza för att bli upptagna som fullvärdiga medlemmar.

I den halvdunkla belysningen kände Yasuda igen Kawashiros siluett och stegade fram till honom. De båda männen hälsade på varandra utan en tillstymmelse till vänlighet. Det enda band som fanns mellan dem var det heta begäret efter pengar och ett nytt liv. Kawashiro kallade på kyparen och beställde två öl och lät Yasuda förstå med en gest att han skulle slå sig ned i fåtöljen. När Yasuda märkte hur kyparen fjäskade för Kawashiro anade han att Kawashiro hade kommit upp sig. Tydligen var han redan en känd figur i kvarteret vid Suzuran Boulevard. Hade han fått tilldelat kvarteret som sitt eget distrikt av en högre gangsterboss? Yasuda undvek att fråga om hans ställning i den undre världen för att inte blotta sitt underläge. Kawashiro inledde samtalet:

– Jag vill förtydliga en sak för dig så vi vet var vi har varandra. Du är en föredetting, en nolla och du ska vara jävligt glad att du har mig som en länk att ta dig upp ur dyn. Kom ihåg det. Tänk inte ens tanken att du ska ta kontrollen över mig. Jag känner dig och jag vet att du är kapabel till vad som helst att manövrera och manipulera människor.

Yasuda knöt näven i kavajfickan och bet ihop. Tids nog skulle han räkna ut ett sätt att förgöra kompanjonen – för tillfället skulle han spela med, utnyttja honom och avvakta. Kawashiro fortsatte:

– Varför jag kontaktade dig beror endast på praktiska skäl, tro ingenting annat. Trots din korrupta själ måste jag motvilligt erkänna att du har vissa egenskaper, som kan komma till nytta. Pliktkänslan och lojalitet mot dem du ser upp till och dina språkkunskaper. Du hade studerat tyska och engelska på universitetet? Märkligt hur saker och ting förändras och hur det påverkar resten av livet. Jag tänkte mig också en lärarbana. Så kom det jävla kriget och allting förändrades och här sitter vi, två före detta universitetsstuderande, före detta fångvaktare, före detta fängelsekunder och idag, två simpla kriminella. Ha, ha, ha det kallar jag för utveckling.

Kawashiro tog upp ett cigarettetui från kavajfickan, knäppte upp locket och höll fram det mot Yasuda.

– Nå, till saken! Jag är i akut behov av pengar. Verksamheten växer och jag har byggt upp en organisation för att få en bättre kontroll över marknadsplatserna runt omkring kvarteret. Jag har även kontakter inom Yakuza. Kan jag leva upp till deras krav på en yrkeskriminell så har jag goda möjligheter att kunna upptas som fullvärdig medlem. Till dess måste jag på egen hand klara upp den akuta penningssituationen.

Yasuda hade suttit, lyssnat och iakttagit Kawashiro noga och han försökte finna blottor i hans resonemang så att han kunde flika in med en kommentar. Han ville visa att han ännu inte var ur leken. Han hade inte räknat med att Kawashiro kommit så pass långt att han hunnit bygga upp en egen verksamhet. Han litade på att så småningom hitta en svaghet hos kompanjonen så att han återigen kunde ta över kommandot. När han tänkte komma med ett inlägg fortsatte Kawashiro:

– Dina språkkunskaper kommer väl till pass när vi ska ta hand om prästen. Jag mindes att du berättade att merparten av pengarna som han förfogade över fanns på två bankkonton. Kommer vi över kontonumren är pengarna våra. Kan du så här långt efteråt komma ihåg fler detaljer från samtalet du hade med vakten som blev skjuten av överste Thamichi?

Yasuda fick äntligen chans att tala. Han kände ett visst övertag eftersom det var han som talat med vakten som tjuvlyssnat på samtalet mellan Sorge och prästen. Kawashiro hade endast Yasudas version av samtalet och det var han som involverat Kawashiro i planeringen av att komma över Sorges pengar.

– Det har gått många år sedan vakten berättade för mig om Sorges förmögenhet. Tror du inte att jag tänkt på hur jag skulle komma över pengarna varenda dag i fängelset. När jag förde bort liket gick jag igenom hans fickor och hittade lappen han visat mig innan han blev skjuten. Jag skrev av det som stod på lappen. När jag kom hem försökte jag memorera vad han sagt och antecknade allt jag kom ihåg. Det blev fragmentariska noteringar. Tyvärr har jag inte kvar anteckningarna.

Yasuda tog fram ett skrynkligt cigarettpaket ur bröstfickan, tände en cigarett och tog några djupa bloss och sa:

– I dagens penningvärde handlar det om över en miljon dollar. Jag kom ihåg att jag antecknade att pengarna fanns på två konton, ett i Japan och ett i Sverige. Jag minns att på lappen hade vakten skrivit ner Nippon Ginkō. Namnet på banken i Sverige kommer jag inte ihåg. Jag noterade att sonen skulle få tillgång till Sorges testamente då han fyller arton. Vi får snoka var grabben bor, om någonting går snett. Förresten, var bor prästen?

Yasuda var nöjd med insatsen för Kawashiro hade suttit och lyssnat och inte avbrutit honom en enda gång. Han ångrade att han släppte in Kawashiro i samtalet.

– Jag rekade innan de släppte dig och tog reda på att prästen heter Biederman och är lärare i Yokohama. Jag var en dag i Minato för att inkassera en mindre summa från en smågangster, som bodde i närheten av en kyrka. När jag skulle köra därifrån såg jag en präst komma ut från kyrkan. Jag passade på att fråga om han kände en präst, som hette Biederman. Han kände till honom vid namnet men tipsade mig om att gå in till församlingshemmet bredvid kyrkan och fråga där istället. Där hade de en förteckning över samtliga katolska präster i Japan. Det visade sig att vår präst undervisade vid en katolsk skola i Yokohama. Vi får kolla hans dagliga rutiner nästa vecka och även ta reda på var han bor, sa Kawashiro.

Yasuda blev imponerad av uppgifterna men sa inte det utan väntade på sin tur att komma in i samtalet.

– Hur kan vi vara säkra på att pengarna fortfarande finns och att prästen alltjämt förvaltar kontot? sa Yasuda.

– Jag har inte legat på latsidan. När jag vill ha reda på någonting går jag grundligt tillväga. Det lärde jag mig på universitetet. Fast jag använder det i ett mindre akademiskt sammanhang, sa Kawashiro och skrattade.

Han tömde sitt glas och försökte få ögonkontakt med kyparen men misslyckades.

– Jag har en kusin som jobbar på Nippon Ginkō. Han har insyn i Tokyos finansiella värld. Det var inte svårt att övertala honom att hjälpa mig med uppgifter eftersom han är skyldig mig en hel del tjänster.

Kawashiro gjorde en paus och kallade på kyparen och beställde två öl till. Yasuda passade på att fråga efter toaletten och kyparen pekade i riktning mot en grön dörr bredvid entrén. Yasuda gick in i toaletten och i det svaga ljuset fick han syn på en man vid pissoaren. Mannen, som var berusad, vände sig om och då kände Yasuda igen honom. Han såg sin chans, grep tag i halsen på mannen och dunkade huvudet flera gånger mot den aluminiumklädda väggen. Sedan ställde han sig ovanför den blödande mannen, böjde sig ner och slet loss guldlänken från mannens hals.

– Länken passade dig inte, klockan kan du behålla som ett minne.

När Yasuda kom tillbaka till bordet, sa Kawashiro.

– Du dröjde, trodde du stuckit.

– Jag träffade en bekant, förresten, vad var det du fick reda på av kusinen, sa Yasuda.

– Jag fick reda på att prästen fortfarande förvaltar pengarna och att du hade rätt om storleken på förmögenheten. Frågan är hur vi skall komma över pengarna så smidigt som möjligt, utan våld. Tillbaka till fängelset vill jag absolut inte. Skulle vi åka fast, är mord på en präst det sista jag vill bli anklagad för.

Yasuda hade lyssnat på Kawashiro med ett halvt öra för han tänkte på någonting helt annat. Tankarna var fokuserade på hur han skulle hämnas systerns död.

– Jag vill be dig om hjälp innan vi, på allvar, tar hand om prästen.

Ysauda blev förvånad när Kawashiro sa:

– Låt höra, jag lyssnar.
Yasuda tog en klunk ur ölflaskan.
– Jag skall döda ett svin. Ända sen jag fick reda på att min syster tagit sitt liv har jag inte haft ro i kroppen. Akiko blev våldtagen av mannen i en familj som anställt henne som barnflicka. Hellre att ta sitt liv än att leva i vanära valde hon att kasta sig ut från ett stup. Jag skall leta upp mannen som våldtog Akiko och skipa rättvisa.
Kawashiro bjöd Yasuda på en cigarett, tände en själv och sa:
– Om hämnden betyder så mycket för dig skall jag hjälpa dig, ett avskum mer eller mindre betyder ingenting för mig. För din skull tar vi hand om svinet först, sedan prästen.

12

Kajor hopade sig som svarta moln på himmelen när Hiroshi Narikawa gläntade på dörren och tittade ut. Han dröjde kvar länge i genkan och väntade på att fåglarna skulle försvinna. Han mindes farmor säga att han skulle akta sig att göra någonting viktigt ifall han gick ut på morgonen och såg svarta fågelflockar. Narakawa var vidskeplig och hade det varit en vanlig arbetsdag hade han hållit sig hemma. Idag var han tvungen att gå till jobbet. Det var idag det viktiga mötet skulle ske, som skulle förändra hans liv. Nissan Motor Co. Ltd skulle expandera och styrelsen skulle utse en ny platschef vid den nya filialen i Kawasaki utanför Yokohama. Dessutom skulle alla anställda få sina årliga gratifikationer efter det viktiga mötet. Narakawa hade kallats till mötet och var säker på att styrelsen skulle utse honom för den nya posten som platschef. Äntligen såg han fram mot att kunna ha råd att köpa ett hus i Yamate, en eftertraktad stadsdel i Yokohama. Narikawa tog av sig tofflorna, satte på sig skorna, sa adjö till hustrun, vinkade till sin lilla dotter och gick ut.

Busshållplatsen låg hundra meter längre ner på gatan och bussen skulle komma om några minuter. Han gick nedför gatan, som han gjort hundratals gånger tidigare. Idag kändes det att någonting inte stämde. En svart bil stod parkerad längre upp mot gatan och när han kom till hållplatsen, startade bilen. Han vände sig om flera gånger och kände sig illa till mods. Plötsligt stannade bilen och en man klev ut, sprang fram till Narikawa och höll fram en pistol.

– Inte ett ljud, håll käft och hoppa in i bilen, sa mannen.

När Narikawa klev in i bilen vände han sig om och såg hustrun komma springande, sen blev allt svart. Yasuda, mannen som slagit ner honom, satte sig i framsätet, stoppade blydaggen i kavajfickan och tände en cigarett.

Narakawa vaknade upp i baksätet med en sprängande huvudvärk och kände blodsmak i munnen. Han kunde inte röra på armarna.

– Vilka är ni, vad vill ni? Är ni ute efter pengar?

Yasuda flinade och vände sig om.

– Vi skiter i stålarna, håll käften.

Narikawa kände en isande fasa. Han tänkte på att männen inte brytt sig om att sätta en bindel för hans ögon. Det kunde bara betyda en enda sak.

Narikawa tittade ut genom bakrutan och såg att de lämnat det tunga industriområdet som omgav Yokohama. Det betydde att de kört cirka en timme. Omtöcknad kunde Narikawa svagt höra de båda männen samtala. Yasuda vände sig till sin kamrat Kawashiro, som körde bilen.

– Jag följde med pappa många gånger till Sengokuhara. Han arbetade som skogshuggare, därför känner jag till skogsvägarna. När vi kommer till Odawara vet jag vilken väg vi skall ta.

På grund av motorbullret kunde han endast uppfatta fragmentariskt vissa namn och han försökte lista ut vart de var på väg. Som om Yasuda kunde läsa Narikawas tankar sa han:

– Bry inte din hjärna med att räkna ut vart vi ska, tids nog kommer du underfund med det, din jävel.

Narakawa kände igen landskapet de åkte igenom. De körde kustvägen söderut, den väg som han och hans familj många gånger kört, när de skulle hälsa på svärföräldrarna. När de åkt genom Odawara och körde in på vägen till Miyanoshita kunde han gissa vart de var på väg.

Bilen krängde till då den lämnade landsvägen och svängde in på en mindre skogsväg. Efter några kilometer genom en tät skog av tall- och cederträd slingrade sig bilen på gropiga grusvägar och vägen blev smalare ju högre upp man kom. Bilen skakade fram på steniga småvägar tills de kom upp på en platå. Vägen sträckte sig i en rak linje, som ledde fram till en stor uppsamlingsplats för turistbussar. För att inte väcka uppmärksamhet parkerade de bilen vid en mindre skogsdunge nedanför parkeringsplatsen.

Kawashiro struntade ifall Narakawa kunde höra vad han sa:

– Vi väntar tills det blir skymning och turisterna lämnat stället. Dessutom är jag hungrig, vi går och äter en bit mat, svinet kan ligga i bagageutrymmet under tiden.

Yasuda släpade ut Narakawa ur bilen.

– Jag frigör dina händer en stund så du kan slå en drill, tänk inte ens tanken på att fly.

Narakawa gned sina svullna handleder, kände försiktigt på det öppna såret i bakhuvudet och gick sedan några meter in i dungen och uträttade sina behov. När han kom tillbaka stod bagageluckan öppen och väntade på honom. Narakawa snyftade och bönföll.

– Snälla ni, jag har en familj, en hustru och en dotter, säg vad ni vill ha och jag skall ordna det, bara ni skonar mitt liv, snälla.

Utan att svara band Yasuda åter Narakawas händer, satte vävtejp runt hans mun och ögon och tvingade honom in i bagageutrymmet. Innan han skulle stänga luckan sa Yasuda:

– Du behöver inte vara orolig, vi kommer tillbaka, under tiden kan du försöka lista ut varför jag ordnat ett möte för dig med chefen för Jigoku ikväll.

När de båda männen promenerade från parkeringsplatsen såg de ut som vanliga turister, som efter en lång strapats längtade efter god mat. Utan att visa ett större intresse pekade Yasuda lojt mot horisonten där Fuji reste sig i fjärran.

– Jag bryr mig inte om det jävla berget, inte sen pappa tving-
ade upp mig dit när jag var fem. Jag glömmer det inte.

De kom fram till värdshuset i västerländsk stil och valde
att äta i baren. Ett tiotal gäster hade redan tagit plats vid
borden, några män utan sällskap stod vid bardisken och
tog varsin drink. I den bransch de båda jobbade i blev det
en vana att ha fri sikt över entrén. Därför valde Yasuda och
Kawashiro ett bord inne i ett hörn, från vilket de kunde
ha en överblick över salen. Yasuda ögnade igenom menyn
och rynkade på näsan.

– Allt är påverkat av amerikanarna, till och med menyn.
När servitrisen kom beställde de biffstek och öl. Konver-
sationen dem emellan under måltiden avlöpte betydligt
bättre än under deras första möte på Café Conga. De talade
om gamla tider och de gemensamma drömmar de hyste
som unga. Yasuda sa:

– Mycket har hänt sen vi marscherade i den kejserliga
armén. Hur fan kunde vi vara så dumma att vi gick på
allt skit om fosterlandet och kejsaren?

– Hur gärna hade jag inte velat stryka händelser i mitt
liv och lagt till sånt som gjort mitt liv värt att leva, sa
Kawashiro.

– Hade kriget inte kommit skulle vi suttit här, du och jag
som seriösa lärare och inte som simpla smågangstrar,
sa Yasuda.

– Det var vi som fick ta emot skiten för massakrerna i
Nanking. Vi blev beordrade att ta livet av åldringar,
barn, kvinnor och våldta så många unga kvinnor som
möjligt, sa Kawashiro.

Han kallade på kyparen, beställde ytterligare två öl och
fortsatte:

– Vi förlorade kriget och när de som hade ansvar för
krigsmakten ställdes till svars fick vi klä skott för deras
misslyckanden. Amerikanarna ville statuera exempel
för hela världen och visa att USA stod för moral och rätt-

visa. Vi hamnade i fängelse, inte för att vi sålt utspätt penicillin på svarta marknaden, utan för att vi var lojala mot våra överordnade och lydde deras order.

Yasuda tände en cigarett och drog ett djupt bloss och sa:

– Slår jag ihjäl en människa i fredstid får jag antingen dödsstraff eller livstid, slår jag ihjäl hundratals män, kvinnor och barn i krigstid blir jag istället dekorerad med en medalj. Är det så jävla konstigt att vi blev kriminella?

– När jag var barn åkte jag fast för smålögner tills jag upptäckte att ju större lögn jag drog till med, desto mer trodde folk på vad jag sa. För vem är moralen till för? sa Kawashiro.

Yasuda tog en klunk av ölen och körde den halvrökta cigarettstumpen djupt ned i askkoppen.

– Moral är för veklingar och en lyxvara för överheten, sa Yasuda.

– Alla begår någon form av brott under sin livstid, sa Kawashiro.

– Min farbror som var länsman i en by i närheten där vi bodde delade in mänskligheten i två grupper, häktade, ännu icke häktade, sa Yasuda och skrattade.

Sedan sa de båda ingenting under en lång stund, rökte varsin cigarett och studerade människorna som kom in i baren. Det var Kawashiro som bröt tystnaden:

– Varför agerar du teatraliskt? Du hade inte behövt åka ända upp hit för att ta död på ett avskum?

– Visst, jag kunde ha skjutit honom utanför hans hus, men jag är inte bara ute efter att döda, lika viktigt är sättet jag skall göra det på, därav det 'teatraliska' som du mycket riktigt påpekade.

Yasuda gjorde en kort paus, sög på cigaretten och fortsatte:

– Akiko, min lillasyster, besökte mig flera gånger i mina drömmar när jag satt inne. Jag är inte vidskeplig i vanliga fall men i dessa drömmar var Akiko så verklig att jag hade svårt att skilja på dröm och verklighet. Sen dess tror jag på andar och spöken. Hon kom till mig en natt och ställde sig bredvid britsen och började snyftande tala till mig: »Vad har jag gjort för ont för att drabbas av en sån skändlig handling? Storebror, hjälp mig och rentvå mitt namn.« Yasuda fortsatte:

– Hon gick förtvivlat gråtande sin väg. När jag vaknade kvarstod drömmen så starkt i mitt minne att jag satte igång att planera hämnden på Narakawa. Samma dröm återkom senare tre gånger och vid samma tid, vid råttans timme. Jag var tvungen att hjälpa Akiko så att hennes ande skulle finna ro.

När de reste sig upp från bordet, öppnade Kawashiro en plåtask med hiropontabletter och sköljde ner dem med öl och gav Yasuda några tabletter.

– Kommer du ihåg dessa tabletter vi stal från krigslagret? Stackars jävlar, kamikazepiloterna flög rakt in i helvetet utan hiropontabletter, sa Kawashiro.

När de kom ut föll ett lätt regn. Yasuda tittade upp mot himmelen.

– Vad har jag att se fram emot, föräldrarna vill inte träffa mig och min syster är död. Den ende nära släkting som jag har kvar är en yngre bror, som inte vill ha med mig att göra. Det sista året i fängelset hade jag en enda tanke i huvudet och det var att ta livet av ett as som förstörde livet för Akiko. Kom, vi går. Jag vill få det överstökat.

Då de kom tillbaka till bilen var det redan skymning och inga turister syntes till.

– Du kan stanna här. Det är mitt problem och jag vill inte att du skall bli inblandad, sa Yasuda.

Han tog en hammare från bilen, stoppade ner den i kavajfickan och letade efter påsen med spikar och öppnade sedan bakluckan.

– Nu skall du och jag ta en promenad.

Narikawa försökte säga någonting men fick endast fram ett kvävt stönade. Yasuda lättade på vävtejpen.

– Jag skall vara snäll mot dig, vad ville du säga?

– Vart ska vi?

Med ett flin i ansiktet svarade Yasuda:

– Till din begravning.

Sedan satte han tillbaka tejpen runt munnen på Narikawa som stretade emot och knappt kunde stå på benen. Yasuda halvt om halvt släpade honom upp på leden som ledde in i en dunge av lärkträd. För att minimera risken att möta kvarvarande turister valde Yasuda medvetet en gångstig som var avstängd på grund av risken för jordskred och fallande lavablock. Efter ett par hundra meter gick sedan stigen under ett valv av knotiga björkar, som avlöstes av en öppen terräng. Marken var gul av svavel och ånga steg upp ur jorden från små öppningar i marken. Yasuda valde en gångstig som var delvis uthuggen i stelnade lavaströmmar och den blev allt mer sluttande och gick i sicksack på de brantaste ställena. När de gått ytterligare en kilometer såg Yasuda slutmålet för vandringen – de kokande svavelkällorna. Narakawa kände lukten av svavel och slet sig loss från Yasudas grepp. Han kom inte långt utan snubblade över en förkrympt björk, låg och gnydde fem meter från kanten av en glödhet svavelkälla.

– Det heter att vargen inte känner fårets skräck. Tro mig, jag känner din fasa, sa Yasuda.

Han ställde sig ovanför Narakawa och Yasudas strupe var hopsnörd av vrede och hat.

– När jag fick reda på att Akiko blivit våldtagen och sedan begått självmord, lovade jag mig att leta upp dig för att skipa rättvisa. Det var du som höll mig vid liv i fängelset. Varenda jävla dag har jag tänkt på dig och fantiserat hur jag skulle ta livet av dig.

Narakawa vred sig och försökte ta sig upp men Yasuda höll honom nere med ena foten.

- Tack vare dina fina vänner klarade du dig och lycka-
  des smutskasta Akiko genom att påstå att det var hon
  som förförde dig. Jag svor att hämnas och idag skall du
  brinna i helvetet.

Yasuda tog fram fickkniven, slet upp hans skjorta och
körde kniven rakt in i magen på honom och skar ett djupt
snitt tills tarmarna syntes. Narakawa förlorade medve-
tandet och låg orörlig på marken. Yasuda slet upp en bit
av tarmen och drog ut tillräckligt långt för att han kunde
spika fast den i dvärgbjörken bredvid Narakawa. Därefter
ruskade han och drog i honom tills han var säker på att
Narakawa kunde höra vad han sa.

- Du får en chans, kryp så långt du orkar, jag lovar att
  skona dig. Orkar du inte, blir det synd om dig.

Yasuda harklade sig och med ett uttryck av vansinne i
blicken deklamerade han högt:

- Du kommer inte längre räknas med i anständiga
  människors gemenskap, dina andetag bland oss är re-
  dan räknade.

Narakawa försökte resa sig, vacklade och föll. Med sina
sista krafter lyckades han krypa framåt och försökte resa
sig på nytt. Yasuda drog upp honom och Narakawa lycka-
des ta ytterligare två steg och på det tredje föll han rakt ner
i ett hål av kokande svavel. Kvar var bitarna av tarmarna
som hängde från den vindpinade björken, likt en defor-
merad kadomatsu.

  När Yasuda kom tillbaka till bilen sa han:

- Det sista aset hörde var ett citat från Blå Ängeln, mitt
  favoritcitat på den tiden jag studerade tyska vid univer-
  sitetet. Då trodde jag fortfarande på moral, tror inte den
  jäveln var bevandrad i tysk litteratur.

13

Biederman satt i sitt rum och väntade på Gustave. Han funderade över sitt liv. Vad blev kontentan av hans liv? Varför blev han präst? Det var mindre av övertygelse och mer för att föra traditionen vidare inom familjen. Han kom från en prästsläkt och de flesta i släkten hade varit präster i Tysklands evangelisk-lutherska kyrka.

Han ville någonting annat i livet. Han gick på en väg med massor av intressanta stickspår, men tvingades fortsätta på den utstakade vägen. Han var en marionett där föräldrarna drog i snörena och styrde hans liv. Som barn var han fortfarande ovetande om traditionen inom familjen och drömde om att bli konstnär. När han förde detta på tal var det som om föräldrarna, särskilt pappa, inte tagit honom på allvar. Han mindes fortfarande det exakta svaret, då han en gång sa att han ville bli konstnär.

– Inte kan du försörja dig på att måla tavlor, det kan du göra på fritiden.

Staden Erfurt hade anordnat en måleritävling bland stadens gymnasister. De tio bästa tavlorna skulle vara med i en konstutställning. En av Biedermans tavlor hade kommit med på vernissagen. Han var stolt och berättade detta för föräldrarna men pappan besökte inte utställningen.

Det var då han kom in i senare delen av tonåren som föräldrarna på allvar styrde hans framtida vägval. Det var inte tal om någonting annat, han skulle studera till präst.

Efter prästvigningen hade han fått en tjänst som kaplan

vid Nikolaikyrkan i Leipzig men trivdes inte där. Sedan nazisterna försökte sammansluta de olika evangeliska kyrkorna i en politisk kontrollerad rikskyrka, planerade han lämna tjänsten som kaplan. Han såg sin chans när han lyckades skaffa en särskild kurirlegitimation för en resa till Sverige, under förevändning att studera de evangeliska kyrkorna i Skandinavien. Han bestämde sig att inte återvända till Tyskland utan lyckades fly till Italien och kontaktade Vatikanen, där han fick fristad. Så småningom konverterade han till Katolicismen. Detta var ett sista försök att protestera mot föräldrarnas dominans men även ett sätt att komma bort från nazisterna. Han blev erbjuden en tjänst som kaplan och lärare vid St. Joseph International College i Yokohama och tackade ja.

Under en middag hemma hos en svensk diplomat fann han sin like i Richard Sorge och de blev goda vänner. Biederman var den ende Sorge litade på och han hade avslöjat för honom vad han höll på med flera år innan han greps för spionage. Sorge hade anförtrott sig åt vännen att ta hand om Hanako om han skulle bli gripen av Tokyopolisen. Biederman fick även förtroendet att förvalta Sorges testamente. Det var om detta som han stämt möte med Gustave. Under åren de känt varandra hade ett starkt vänskapsband vuxit mellan dem och Biederman som inte haft en egen familj kände ett ansvar för Gustave, inte endast vad gäller ekonomi utan även på det personliga planet.

Biederman väcktes ur sina tankar när han hörde en knackning på dörren. Han öppnade entrédörren och visade Gustave in i arbetsrummet. Biederman förklarade för Gustave att han lovat hans pappa att hålla ett öga på honom. Han inledde med att fråga honom hur det gick i skolan, vilka ämnen han tyckte mest om, vad han brukade göra på fritiden och till sist ställde han den viktiga frågan:
– Vad har du för planer efter din examen?

– Jag funderar på att söka till Saint Sulpice Seminary i
Fukuoka.
– Vill du verkligen bli präst? Vet du vad du ger dig in i?
Biederman frågade om han hade en flickvän och Gustave
berättade om Sarah och vad som hänt med deras förhål-
lande. Biederman tittade länge på Gustave som om han
tvekade över det han tänkte säga.
– Jag ska berätta för dig om mitt liv, så att du inte gör
samma misstag som jag. Jag mötte den stora kärleken
när jag var tjugotvå år. Hon hette Marie och var tre år
yngre än jag.
Sedan berättade Biederman hur de träffades varje dag,
gjorde utflykter och gick på konstutställningar. De hade
samma intresse för konst, litteratur och musik. Marie
skulle studera konstvetenskap och han skulle till Tü-
bingen och läsa teologi. I början åkte han hem varje helg
till Marie men avståndet gjorde att de träffades allt mer
sällan och till slut förlorade de kontakten. Marie hade
träffat en annan man, en studiekamrat. Efter några må-
nader fick han ett brev från Marie, som ville att de skulle
ta upp kontakten och att allt skulle bli som tidigare. Bie-
derman svarade inte på hennes brev. Han fick flera brev
från Marie men han öppnade inte breven och träffade
inte Marie mer.
– Jag ångrar än idag varför jag inte lyssnade på min inre
röst, utan följde en löjlig tradition i familjen. Jag skulle
naturligtvis ha läst breven och ordnat så allt blev bra.
– Varför gjorde du det inte? sa Gustave.
– Hur många gånger tror du inte jag spelat upp olika sce-
narier för mitt inre? Varenda dag ångrar jag att jag inte
åkte hem till Marie och ordnade så att vi blev tillsam-
mans. Så blev det inte. Det enda jag har kvar som minne
av Marie är ett fotografi av henne under en cykeltur ut-
anför Erfurt.

Biederman bet sig i läppen, tittade ner i golvet, och riktade sedan blicken mot Gustave.

– Ta vara på livet, håll kontakten med Sarah, åk till Nya Zeeland och sök upp henne. Ta en riktig funderare på ditt framtida yrkesval, är det präst du vill bli?

– Jag är förvånad att du som är präst avråder mig att bli präst, sa Gustave.

– Har du satt dig in i katolska kyrkans lära? sa Biederman.

– Vad menar du?

– Tror du på allt som står i kyrkans lära?

Gustave såg bekymrad ut och visste inte vad han skulle säga.

– Gör du? sa Gustave.

– Jag skall svara dig ärligt, kyrkan har förvrängt och krympt storheten i att guds existens ligger bortom det mänskliga vetandets gränser. Kyrkans uppgift är att upplysa människan om Gud. Det verkar som att kyrkan snarare skymmer Guds storhet med sina dogmer. När jag står och betraktar Fuji en klar höstdag, känner jag guds närvaro och den känslan vill jag inte att någon präst ska ta ifrån mig.

Gustave blev skakad av att höra Biederman berätta om sin tro och han erkände att han inte tänkt på kyrkan och dogmerna på det viset.

– Du och jag får diskutera vidare någon annan dag. Låt oss gå över till mer vardagliga spörsmål och syftet med vårt möte.

Biederman reste sig upp och gick fram till ett skåp, öppnade en låda och tog upp en mapp.

– Din pappa bad mig att se till att den dagen du fyller arton skulle du få full åtkomst till arvet. Om några veckor kommer du få ett brev från Nippon Ginkō. Du kallas till ett möte med en bankman som ger dig all information du behöver för att få åtkomst till två bankkonton, ett

i Nippon Ginkō och ett i Stockholms Enskilda Bank i
Sverige.

Sedan önskade Biederman lycka till med hans examen
och sa till Gustave att han var välkommen tillbaka att dis-
kutera framtidsplanerna.
– Självklart skall du bestämma över din framtid men det
är även bra att ha någon att prata med. Jag kan agera
bollplank och hjälpa dig att komma fram till ett vettigt
beslut.

MAJ 1961

14

Vad kan det vara som är viktigt att alla skall samlas i aulan? sa Gustave.

– Kan det vara information inför vår examen? sa Natsume.

– Knappast, då skulle knattarna inte vara med, sa Gustave och pekade på eleverna som gick i första klass, som var på väg till aulan.

När vaktmästaren stängt dörrarna till aulan, gick rektorn fram till podiet med en allvarlig min och såg ut över eleverna. Då alla satt sig och sorlet tystnat, harklade han sig och fattade tag i podiet.

– Jag har någonting tråkigt att berätta för er. En av era lärare som stått er alla nära, en älskad och aktad kollega, omtyckt av alla för sin gedigna kunskap och för sin pedagogiska skicklighet, har lämnat jordelivet, hemkallat till sin himmelske fader. Igår meddelade Tokyopolisen att de hittat Paul Biederman avliden i Hibiya-parken.

Det gick ett sorl genom aulan, många satt helt apatiska och stirrade rakt fram, en hel del pratade med varandra, andra satt och grät. Rektorn markerade med handen att eleverna skulle dämpa sig, sedan fortsatte han:

– Ni kommer läsa om hans död i alla tidningar. Tro inte på alla spekulationer, omständigheterna kring hans olyckliga bortgång är fortfarande höljd i dunkel. Vi kan vara förvissade om att polisen gör sitt yttersta för att ta reda på sanningen om Paul Biedermans öde.

När rektorn slutat tala blev det tyst i salen. Ingen sa något på en lång stund. Innan rektorn skulle lämna podiet sa han:

– Alla lektioner är inställda idag, imorgon kommer vi
återuppta lektionerna som vanligt. Avgångsklasserna
samlas i aulan klockan nio imorgon.
Gustave och Natsume gick tysta från aulan, båda tog upp
näsdukarna och torkade sig i ögonen. Gustave bröt tyst-
naden.
– Märkte du att rektorn inte sa någonting om dödsorsa-
ken.
– Hade det varit på grund av sjukdom eller olycka hade
han sagt det, eller hur, sa Natsume.
– Ja, det betyder bara en sak, han vet orsaken men un-
danhöll den. Polisen har bett honom om att hålla tyst,
de vet säkert mer men håller det hemligt tills vidare.
Båda tyckte det skulle kännas konstigt att gå hem var
och en till sitt. De hade behov av att prata om det som hänt
och därför bestämde de att vara tillsammans några tim-
mar.
– Tror du han blev mördad? sa Natsume.
– Vi går ner till centrum och köper en tidning, sa Gustave.
När de närmade sig tidningskiosken kunde de på håll se
löpsedlarnas stora, svarta rubriker: »Präst funnen död i Hi-
biya-parken.« Gustave köpte ett exemplar av Asahi Shim-
bun, slog upp tidningen och hittade snabbt vad han letade
efter. Artikeln upptog nästan en hel sida där det framkom
att den katolske prästen Biederman vistats i diplomatkret-
sar under kriget och rört sig i kretsen kring spionen Richard
Sorge. Det spekulerades om det hade någonting med hans
tidigare vänskap med den dömde spionen att göra. Enligt
obekräftade källor rörde det sig om mord men man hade
ännu inte fått någon officiell bekräftelse från polisen. Gus-
tave skummade vidare igenom tidningsartikeln men fann
inga fler detaljer kring Biedermans död.
De diskuterade hur de skulle göra för att få mer uppgifter.
– Kommer du ihåg Miyajima i vår klass, han som hoppade
av studierna och skulle bli journalist? sa Natsume.

– Vi söker upp honom och luskar ut vad han vet om fallet.
Journalister vet mer, fast de inte skriver om det. Många
gånger kommer de överens med polisen att vänta med
alla fakta av utredningsmässiga skäl, sa Gustave.

De sökte upp kamraten och det visade sig att han kom-
mit in på Waseda-universitetet för att studera statskun-
skap och att han drygade ut kassan genom att jobba extra
som journalist på Nihon Keizai Shimbun. Nyheten om
Biedermans död hade kommit som en chock för Miyajima
och han var angelägen om att ta reda på omständighet-
erna kring sin lärares död. Genom kontakter inom polis-
kåren och journalister hade han skaffat sig information
som ännu inte publicerats offentligt.

Miyajima berättade att polisen funnit ytterligare en
död man inte långt ifrån där de hittat Biederman. Den
döde visade sig vara en gangster, känd av polisen, avrät-
tad med ett skott genom munnen. Hur Biederman dött
fick Miyajima inte reda på. Anledningen till att polisen
inte gått ut till medierna med fler uppgifter var att de
jobbade med olika teorier, bland annat om Biederman
hade koppling till Tokyos undre värld och spekulationer
om vänskapen med Richard Sorge hade någonting med
hans död att göra. Miyajima lovade höra av sig när han
fått mer information.

Gustave kom hem sent på kvällen och fann mamma
sitta i mörkret i vardagsrummet. De kramade varandra
och Hanako sa:
– Om det är sant som jag hört att Biederman mördats, så
är det fruktansvärt, jag har tänkt på vår vän hela dagen.
Han som betytt så mycket för oss.
Gustave berättade vad han fått reda på genom Miyajima
och sa att han och Natsume skulle försöka ta reda på mer
om vad som hänt Biederman.

– Snälla Gustave, gör inte det, jag vill inte du ska råka ut
för någonting, låt polisen sköta det.

– Det är det minsta jag kan göra, så mycket som han gjort
för pappa och för oss, jag känner det som en moralisk
plikt att ta reda på sanningen.

– När du fyllde arton ville Biederman snabbt ordna allt
det praktiska kring pappas arv. Det är hemskt att säga
det. Känns nästan som om han visste vad som skulle
hända honom. Förresten, det kom ett brev till dig idag,
Gustave öppnade brevet och läste.

– Det är kontaktpersonen hos Nippon Gingō som vill att
jag kommer till banken för att skriva under alla hand-
lingar till konton som står i mitt namn. Tydligen förfo-
gar jag över två konton, ett i en svensk bank och ett hos
Nippon Ginkō.

15

Kaplanen för Saint Sulpice Seminary, Fader John Henry Newman, ställde sig framför katedern.

– Jag vill påminna er om att 'Augustinus bekännelser' skall vara utläst till imorgon. Glöm inte att katekesundervisningen är ändrad till klockan nio.

Prästkandidaterna, de flesta i tjugoårsåldern, reste sig från sina bänkar och gick ut på terrassen och stod i små klungor och pratade med varandra. Redan första dagen som gruppen samlades för ett introduktionsmöte kunde Gustave se vilka han kunde umgås med. En del bar stora kors på bröstet, andra såg besynnerliga ut i alltför stora kostymer och bar starka glasögon, stereotyper för så kalllade förlästa typer. Så småningom utkristalliserades, såsom en naturlag, grupper med likasinnade, som drogs till varandra. James, en engelsman, som Gustave lärde känna, kom fram till honom.

– Jag letade efter dig, ska du med till 'postkontoret'.

– Visst, jag väntar på ett brev från min kompis.

'Postkontoret' var namnet på en mindre byggnad intill vaktmästarens expedition, som var inrett med boxar med prästkandidaternas namn och där kunde de hämta ut brev från sina familjer. James hade bott i Japan större delen av sitt liv och eftersom hans pappas kontrakt med företaget, som han jobbade för, inte skulle gå ut förrän tidigast om två år bestämde James sig för att påbörja sina präststudier i Japan. Gustave och James kom bra överens, dels för att Gustave pratade engelska, dels för att de skiljde ut sig från de övriga för att de inte verkade typiskt religiösa och kunde samtala om annat än religion.

Gustave gick fram till sin box och fann ett brev från Natsume. Innan han gick upp till sitt rum beslöt Gustave och James att träffas efter kvällsmaten. Så fort han kom innanför dörren öppnade han brevet. Natsume hade sökt in på Polishögskolan och under tiden jobbade han som journalist på Nihon Keizai Shimbun och var kollega till förre klasskamraten Miyajima, som de tidigare kontaktat för att få fler uppgifter om Biedermans död. Genom Miyajima hade Natsume skaffat sig ett brett kontaktnät inom journalistkåren men även inom polisen. Natsume skrev att han ville att Gustave skulle komma till Tokyo, eftersom han fått tag i nya uppgifter om Biederman.

Senare på kvällen träffades Gustave och James. Kvällen var ljummen och stilla, därför satte de sig i varsin vilstol som var placerad på gräsplätten framför seminariets huvudbyggnad.

– Skönt att sitta här och få distans till snacket därinne, sa James med en huvudnickning mot den stora vita byggnaden.

Gustave var inte beredd på att James skulle vara öppen med vad han tyckte om seminariet, men blev samtidigt glatt överraskad att han träffat någon som uttryckte det som han börjat känna redan för några veckor sedan.

– Du verkar inte direkt trivas här, sa Gustave.

– Ska jag vara fullständigt ärlig? sa James och skakade på huvudet.

Innan Gustave hann säga någonting fortsatte James:

– Teologi, moralfrågor och filosofi har alltid intresserat mig, det är en sak att studera och forska kring dessa ämnen men att omsätta dessa fenomen i praktiken, det är inte min 'cup of tea'.

– Jag är nästan inne på samma spår som du. Vet du om att en präst försökte övertyga mig om att inte bli präst, sa Gustave.

Sedan berättade han om Biederman, utan att nämna hans

namn, och sista mötet med honom och samtalet om teologi och präststudier och hur Biederman försökte avråda honom att läsa till präst.

– Intressant präst, önskar jag träffat honom innan jag bestämde mig för att åka hit, sa James.

Resten av kvällen samtalade de om den katolska tron, deras tvivel om kristna dogmer och vad de eventuellt skulle göra om de slutade vid seminariet. Innan de skildes sa Gustave:

– Imorgon tar jag tåget till Tokyo. Det är en sak jag tvunget måste göra. Jag har inte meddelat kaplanen att jag sticker imorgon. Får hitta på någonting nästa gång jag träffar honom. Jag är tacksam om allt som vi pratat om ikväll stannar mellan oss.

James sa att det var ok och lovade att inte säga någonting till någon.

Tidigt nästa morgon tog Gustave tåget till Tokyo, en lång resa på över tio timmar. Sent på kvällen anlände han till Tokyo och gick direkt hem till Natsume, som hyrde en liten lägenhet i andra hand, inte långt från järnvägsstationen.

Det blev en trevlig återförening och även en påminnelse om kamratskapets betydelse och hur viktigt det var att ha en riktig vän. Natsume berättade att han sökt till Polishögskolan, men visste inte om han ville bli polis. Istället ville han studera till journalist och bli kriminalreporter. Gustave sa att han funderade på att hoppa av prästutbildningen men visste inte vilket yrke han skulle satsa på.

Natsume var angelägen om att berätta det nya som kommit fram om Biederman.

– Kommer du ihåg polisen som hjälpte oss fånga pojkarna som plågat kajan.? Minns du att jag fick hans visitkort? Nu kom det till användning. Jag kontaktade polisen i Tokyo och frågade efter Tanaka Hiroshi och de kände igen namnet direkt. Han hade stigit i graderna och blivit kriminalkommissarie här i Tokyo.

– Fick du tag i honom då?

– När jag träffade honom kom han ihåg mig. Han var själv inte involverad i utredningen av mordet på Biederman men var villig att skaffa mig upplysningar. Jag berättade för honom att vi var engagerade i fallet eftersom Biederman stod oss nära.

Natsume berättade sedan att poliskommissarien ringde honom några dagar senare och sa att han hade någonting intressant att visa honom. Det visade sig att han lånat en hemligstämplad dossier som innehöll mordet på Biederman. Natsume hade suttit i kriminalkommissariens tjänsterum en hel eftermiddag fram till kvällen och antecknat uppgifter från dossiern. Han hade inte hunnit gå igenom hela mappen och därför lät kriminalkommissarien Natsume ta hem den. Han hade sagt att han litade på Natsume, men att han ville ha tillbaka dossiern så fort som möjligt, annars skulle han få problem med sina chefer.

Natsume berättade för Gustave att Biederman påträffades i Hibiya-parken, skjuten i huvudet. I närheten av hans kropp hittades även en smågangster, Masashiro Yasuda, skjuten genom munnen. Polisen hade funnit en pistol i Yasudas kavajficka. Antagligen dödades Biederman med ett skott från pistolen som hittades i Yasudas kavajficka och att han själv blivit skjuten genom munnen. Det troliga scenariot var att Yasuda sköt Biederman och att en tredje person avrättade Yasuda.

– Vem som höll i vapnet och varför Yasuda blivit avrättad hade de inte lyckats ta reda på, sa Natsume.

Han bläddrade fram några sidor i sina anteckningar och fortsatte med sammanfattningen. Polisen hade forskat i Yasudas bakgrund. Före kriget hade han bedrivit universitetsstudier. När kriget utbröt blev han inkallad till armén och skickad till Kina och ingick i ockupationsarmén, stationerad nära Peking.

– Jag hann inte anteckna mer men jag tänkte att vi tillsammans skulle kunna gå igenom dossiern, sa Natsume.

Han öppnade mappen, tog fram dokumenten, som han inte hunnit läsa, och lade dem på bordet så att båda kunde ta del av innehållet.

– Här står vad som hände i parken. Ett troligt scenario skulle vara att Yasuda, sedan han först misshandlat Biederman, skjuter honom, eller mer korrekt, skottet som dödade Biederman kom från Yasudas pistol, som var en Nambu Typ 14. Vi får anta att det var han som höll i vapnet, sa Gustave.

– Sedan kommer en tredje person in i bilden. Denne avrättar Yasuda med ett skott genom munnen. Hur kan vi anta det? sa Natsume.

– För att skotten som dödade både Biederman och Yasuda kom från olika vapen. Här kan du läsa om den ballistiska undersökningen, sa Gustave och pekade på sidan i dokumentet där resultaten var understrukna med rödpenna.

Undersökningen visade att skottet som dödade Biederman var av kaliber 7,9 mm och skottet nummer två som dödade Yasuda var av kaliber 9 mm. Vapenteknikernas analys av kulan från Yasudas pistol visade att den var tillverkad under kriget och troligt vapen var en Nambu Typ 14, som användes mest av japanska officerare. Polisen kunde inte med säkerhet fastställa vapnet som användes mot Yasuda. Troligen ett äldre vapen, en revolver Typ 26, men polisen var inte säkra på den saken.

– Då återstår frågan, varför mördades Biederman? sa Natsume.

Gustave satt tyst och gned sig i pannan med ena handen.

– Jag ser ett scenario framför mig: Yasuda skjuter Bie-

derman efter att han misshandlat honom. Hur vet vi
det? Jo, för att hans ansikte var sönderslaget. Kan det
ha varit ett beställningsmord? I så fall av vem? Blev han
misshandlad för att han vägrade svara på frågor? Vad
för slags upplysningar ville Yasuda ha?
– Om vi antar att det gått till på det viset, varför blev Ya-
suda avrättad? Och av vem? Var Yasuda ensam först
med Biederman och sedan kommer en tredje person in
i bilden? Det måste ha gått en viss tid mellan att han
sköt Biederman och att han själv blev skjuten.
Gustave sköt in:
– Eftersom hans pistol återfanns i hans kavaj.
– Det finns så klart andra scenarier som till exempel att
det endast finns en mördare. Den okände mannen kan
ha skjutit både Biederman och Yasuda med två olika
vapen. Han avrättar Yasuda, använder sedan dennes
pistol och skjuter Biederman. Stoppar sedan Yasudas
vapen i hans kavaj och försvinner, sa Natsume.
– Hur som helst, vi kommer inte få reda på hela san-
ningen, men antagligen måste det finnas en koppling
mellan de tre inblandade. Mordet på Biederman kan
inte vara någonting som skett slumpmässigt, sa Gus-
tave.
Under tiden Gustave pratade hade Natsume upptäckt nå-
gonting i personakten om Yasuda.
– Vänta, här står vad Yasuda gjorde efter att han blev
hemkallad på grund av skadan i Kina.
Natsume läste högt ur dokumentet »Var arbetslös, återtog
inte studierna vid universitetet i Kobe. Sökte många olika
jobb, fick en anställning som vakt vid Sugamo-fängelset
1941. Efter kriget blev han indragen i en krigsförbrytar-
process anklagad för krigsbrott utförd vid massakern vid
Nanking 1937 och dömdes till fängelse.«
– Där har vi kopplingen mellan Biederman och Yasuda.

Biederman berättade för mig att han besökte min pappa i Sugamo-fängelset mellan 1941 och 1944.

– När det gäller mord är det sällan som slumpen spelar in, sa Natsume.

– Om vi antar att det fanns en tredje person inblandad, tror jag knappast att denne okände och Yasuda var obekanta med varandra. Ett annat antagande är att de inte ingick i Biedermans bekantskapskrets, sa Natsume.

– Den enda kopplingen är Sugamo-fängelset. Yasuda måste ha känt till min pappa och att han visste att han ofta fick besök av Biederman, sa Gustave.

– Vad var då skälet till att Yasuda misshandlade och till slut mördade Biederman? Var det någon uppgift eller hemlighet som Biederman kände till och som Yasuda ville ha reda på? sa Natsume.

– Jag tror inte vi kommer längre än så här. Om vi utgår ifrån att det var två män involverade vid mordet på Biederman återstår frågan: Vem var den okände och vad hade han för koppling till Yasuda och Biederman, sa Gustave.

De satt tysta en stund, sedan sa Gustave att han bestämt sig att ta lagen i sina egna händer.

– De är farliga människor du har att göra med. Ett människoliv betyder inget för dessa människor. Glöm heller inte att det finns en moralisk aspekt på det hela. Det borde du veta, du som skall bli präst, sa Natsume.

Gustave såg ut som om han blivit ertappad med att palla äpplen i grannens trädgård, men fann sig snabbt och svarade:

– Minns du när vi jagade kattplågarna? Då var det du som var den drivande. Hade vi inte jagat dem hade de inte åkt fast och då hade de fortsatt att plåga djur, sa Gustave.

– Detta är ingen lek, vi kommer att ha att göra med professionella gangstrar, som inte skyr några medel. De kommer att döda oss, är det värt det, sa Natsume.

- »Oss«, »vi«? Jag vill sköta det själv. Ingenting som du ska bry dig om, tänk på din kommande karriär, tack i alla fall, sa Gustave.
- Är du galen? Klart att jag hjälper dig i så fall.
- Detta är en sak mellan mördaren och mig. Var det inte du som sa att rättvisan kommer att segra till slut? Jag betraktade Biederman som en far som jag inte fick. Det låter primitivt men jag vill hämnas hans död. Det är inte ett kristet sätt att tänka så och jag är medveten om konsekvenserna.

Natsume såg länge på Gustave sedan sa han:
- Jag förstår hur du tänker, men du är min bäste vän och jag har alltid hjälpt dig när du behövde hjälp.
- Jag vet och det är jag tacksam för, men detta är någonting speciellt och det vill jag klara av själv.

Det såg ut som Natsume tänkte säga någonting men istället gick han fram till ett skåp och drog ut en låda.
- Om jag inte kan skydda dig ta åtminstone den här med dig, sa Natsume och räckte över en browning hi-power till Gustave.

Gustave höll i pistolen och synade den.
- Hur har du fått tag i den?
- Det har varit min farfars, jag har fått den av honom. Kan du inte ta den så jag känner mig lugnare.
- Det är inte min stil, tack i alla fall. Jag får ge mig av nu, lovade mamma att hälsa på henne innan jag åker tillbaka till Fukuoka. Jag hör av mig till dig, oroa dig inte för mig.

Gustave tog tåget till Yokohama och Hanako blev glad att träffa honom. Han ville inte hem till mamma men kände sig tvungen att göra det. Hanako var bra på att känna av folks tankar och känslor och detta visste Gustave. Han ville inte prata om att han ångrade att han började på prästutbildningen och minst av allt ville han få en massa frågor om sin framtid.

Mycket riktigt dröjde det inte länge förrän Hanako ställde frågor om hur han trivdes på prästseminariet och hur han såg på sin framtid. Gustave var fåordig och undvek att svara ärligt på frågorna. Istället svarade han så neutralt som möjligt och under tiden planerade han att ta tåget till Fukuoka samma kväll. Han hittade på en vit lögn att han var tvungen att åka tillbaka så fort som möjligt eftersom han var tvungen att vara med på två viktiga föreläsningar inför en tentamen. När han gjort sig i ordning för att ge sig iväg kom Hanako ut i hallen med ett kuvert i handen.

– Detta kom till dig i förrgår, stämplat i Nya Zeeland.

Gustave tog emot brevet, stoppade det i kavajfickan, kramade om sin mamma och gick ut i mörkret.

OKTOBER 1961

16

Det hade gått några veckor sedan Gustave varit hemma hos Natsume. Gustave hade tänkt på sitt framtida yrkesval och funderat på att göra ett uppehåll i sina teologiska studier av många olika orsaker. Ett skäl var det sista samtalet med Biederman. Han hade kommit fram till att bara för att han var intresserad av livsfrågor behövde detta nödvändigtvis inte leda till att han skulle bli präst. Dessutom tyckte han att lärarna och studiekamraterna var inskränkta, därför trivdes han inte i deras sällskap.

Det främsta skälet med uppehållet från studierna var att han bestämt sig för att fullfölja planen att söka efter sanningen om Biedermans öde. All fakta låg på bordet, men ville han ge sig in i sökandet efter den tredje personen? Det enda sättet att få reda på vad som skett i Hibiya-parken var att leta upp den okända personen som troligen avrättat Yasuda. Gustave var övertygad om att lyckades han hitta den tredje mannen skulle han få svaren på alla frågor han ställt kring mordet på Biederman. Gustave var medveten om att han tog en stor risk. Var han bredd att ta konsekvenserna för sina handlingar? Skulle det uppstå en situation där det krävdes våld, hur skulle han hantera det? Var han beredd att ta till vapen? Var han till och med beredd att döda en människa? Var det rätt att avvisa Natsumes hjälp? Hur skulle han motivera sitt beslut? Var det känslorna som tagit överhanden och inte ett rationellt, resonerande beslut?

Han kom ihåg morfars löfte. Ifall Gustave någon gång behövde hjälp, där han inte ville blanda in polisen, då skulle han vända sig till honom. Han bestämde sig för att ringa morfar och fråga om han kunde komma till Kamakura och prata om någonting viktigt.

Gustave mindes den gången morfar inte ville svara på frågan vad han gjort med sitt vänstra lillfinger. När han blivit äldre förstod han att morfar varit medlem i Yakuza och det kapade lillfingret var ett bevis på att han kommit i konflikt med Yakuza. Mer visste han inte om morfar och han ville inte fråga honom om hans bakgrund.

Gustave satt på tåget till Kamakura och kom ihåg den gången han och morfar besökte Buddhastatyn och mötet med den gamle mannen med fågeln, som hämtade lappen han sparat genom åren. Han tog fram den från plånboken och läste spådomen: »En dag kommer du söka efter sanningen, ge inte upp, sök och du skall finna«. Gustave var övertygad om att hans öde redan då var beseglat och att hans kallelse var att söka sanningen, kosta vad det kosta vill.

Morföräldrarna blev både glada och överraskade när Gustave knackade på hos dem. De märkte att det inte var ett vanligt besök, utan de anade att han hade en speciell avsikt med visiten. Mormor sa att det skulle dröja en stund innan maten blev klar, därför passade morfar och Gustave på att gå in till arbetsrummet för att samtala. De satte sig på kuddar mitt emot varandra med ett lågt bord framför sig.

– Nå, min gosse, vad var det du ville prata om?

– Kommer du ihåg att du sa till mig att om jag någon gång behövde hjälp skulle jag vända mig till dig. Morfar, jag behöver din hjälp, sa Gustave.

– Vad gäller saken?

Gustave berättade vad han fått veta om Biedermans död och att han ville gå vidare, utan polisens hjälp, och söka efter sanningen om vännens öde. Han berättade om dossiern som innehöll rapporten om fallet Biederman och att han beslutat att ta lagen i egna händer.

– Gör jag rätt, morfar?

Morfar var tyst och tittade strängt på Gustave och till slut sa han:

– Innan jag svarar på din fråga vill jag berätta någonting för dig. När jag var ung hamnade jag i ett moraliskt dilemma. Du är vuxen och det är dags att du får höra om mitt tidigare liv innan jag träffade din mormor.

Gustave blev bättre till mods när han framfört sitt ärende och satte sig till rätta för att lyssna.

– Kommer du ihåg när du var sju år och vi satt här i rummet och jag berättade om min samurajsläkt?

Gustave nickade.

– Du frågade om det fortfarande fanns samurajer och jag svarade att det beror på vem du frågar. Samurajernas levnadsvisdom lever kvar i andra sammanhang. Om du frågar mig, finns det ännu samurajer kvar, fast de ser inte ut som gamla samurajer, även om de lever alltjämt efter Bushido, samurajernas levnadsregler.

Gustave ville ställa frågor men bestämde sig för att vänta.

– När min bror Ichiro och jag var unga var vi båda medlemmar i Yakuza. Du känner till vilka de är. Många skulle inte hålla med om att dagens Yakuza håller på de gamla traditionerna och lever efter Bushido, men det gjorde vi. Efter några år hamnade jag i en situation, som jag inte vill gå in på, vilket ledde till att jag betraktades som illojal mot Yakuza. Jag hamnade i en svår moralisk konflikt. Jag hade möjlighet att rentvå mig men detta skulle leda till att Ichiro skulle råka illa ut. Jag valde att visa trohet genom att begå yubitsume.

Morfar höll upp vänstra handen och visade Gustave det stympade fingret, sedan fortsatte han:

– Efter den händelsen beslöt jag att lämna Yakuza. Ichiro stannade kvar och han steg i graderna. Idag leder han, som högste chef, Yakuza i Tokyo. Ichiro svor en ed att han inte skulle glömma det jag gjorde för honom och han lovade att hjälpa mig och familjen med vad som helst om jag en dag skulle hamna i svårigheter.

– Du räddade din bror då du tog på dig hans skuld, eller hur, sa Gustave.

I samma stund ångrade han sig.

– Det var dumt att ställa en sån fråga, morfar.

Han log och sa:

– Jag kunde ha räddat mig men valde en annan väg, var det rätt eller fel? Vem avgör det? När vi hamnar i ett moraliskt dilemma måste vi rannsaka oss. Vad är min inre övertygelse om vad som är rätt eller fel i den situation jag befinner mig i?

Gustave väntade på morfars svar på frågan han ställt tidigare.

– Jag ska svara på frågan du ställde. Biederman betydde mycket för dig och du skulle inte få ro i själen om du inte följde din inre övertygelse. Det polisen inte vet, det vet Yakuza. Ichiro kommer hjälpa dig att nysta vidare i fallet. Jag skriver ett brev till honom och du tar även med dig ett rekommendationsbrev, som du visar upp för vakterna.

Morfar gick fram till en byrå med mässingsbeslag och tog fram ett ark papper och skrivdon och satte sig på knä framför ett lågt bord.

– Gå du in till mormor och under tiden skriver jag rekommendationsbrevet, kom ihåg, detta får inte komma fram till Hanako, hon vet, men hon har inte frågat mig om mitt förflutna, sa morfar.

Efter en stund kom morfar och gav honom ett pappersark.

– Du måste visa upp det för att bli insläppt in i byggnaden. Brevet till min bror postar jag imorgon, du behöver inte oroa dig, han kommer ta emot dig och hjälpa dig. Här får du adressen, sa morfar.

17

Gustave tittade upp mot en grå byggnad i granit. Två kraftigt byggda män i mörka kostymer stod och vaktade framför en järnport. Han gick uppför trappan fram till en av männen med ett grovt, fyrkantigt ansikte och visade rekommendationsbrevet. Vakten vände sig om och rådgjorde med kamraten.

– Jaså, du vill träffa chefen? Kom med, sa mannen och öppnade järnporten.

Gustave följde mannen in i entrén, som flankerades av två pelare och som var helt tomt på möbler. Interiören bestod endast av en matta, som ledde fram till en halvtrappa, upp till en hiss. De gick uppför trappan och vakten öppnade hissgrinden och gick in först. Då hissen startade bligade vakten på Gustave med ögon som hos en kamphund. Det enda som hördes var det knakande ljudet av spända stålvajrar och hisskorgens gnissel när den segade sig upp till översta våningen.

De gick in i en korridor, fram till en livvakt som stod framför en ståldörr. Vakten knackade på dörren och denna gång lät han Gustave gå in först.

– Kloakråttan påstår han vill träffa chefen, hur vågar en gaijin komma hit till oss, sa vakten.

En grånad man i sextioårsåldern reste sig upp bakom ett skrivbord.

– Vad sa du? Hur vågar du kalla en släkting till mig för en råtta?

Vakten ställde sig i givakt.

– Be den unge mannen om ursäkt eller hoppa ut genom fönstret, sa chefen.

Vakten bugade sig djupt och gick mot det öppna fönstret.

Chefen gav ett tecken till livvakten, som satte krokben på mannen.

– Jag vill inte se dig här, gå härifrån och hämta ut månadslönen och försvinn, sa chefen.

Han vände sig till Gustave.

– Jag ber om ursäkt, jag kan inte alltid ha rätt när jag rekryterar personer till vår organisation, tyvärr finns det rötägg som slinker igenom.

Två livvakter grep tag i vakten och kastade ut honom i korridoren.

Den äldre mannen sträckte fram handen.

– Miyaki Ichiro, jag har läst min brors brev, vad kan jag göra för dig?

Gustave redogjorde vad som hänt Biederman och återgav kort polisens version av mordet.

– Jag har bestämt mig att ta reda på sanningen om Biedermans öde men saknar viktiga detaljer, därför vände jag mig först till morfar, som i sin tur rekommenderade att söka upp er, herr Miyaki Ichiro, sa Gustave.

– Jag beundrar ditt mod och den respekt du visar mannen som betytt så mycket för dig. Mina kontakter sträcker sig långt utanför polisens nätverk. Det händer att polisen kommer till mig, när de själva inte kunnat knyta en brottsling vid ett brott.

Miyaki Ichiro satte sig vid skrivbordet och gjorde några hastiga noteringar i ett skrivblock.

– Jag skall göra vad jag kan, därefter kontaktar jag dig. Var kan jag nå dig?

Gustave dröjde med svaret, eftersom han inte var säker på att återvända till prästseminariet. Till slut förklarade han för Miyaki Ichiro att han studerade i Fukuoka och att det gick bra att ringa till Saint Sulpice-prästseminariet. Gustave lånade en penna och skrev upp telefonnumret och lade lappen på bordet.

Miyaki Ichiro reste sig upp och kallade på en av livvakterna och sa några ord till honom. Sedan vände han sig till Gustave.

– Min livvakt kommer att skjutsa dig till Fukuoka och han kommer även hämta dig när jag fått tag i uppgifter du behöver.

Två veckor senare fick Gustave ett telefonsamtal från Miyaki Ichiros sekreterare, som meddelade att han var inbjuden till Ichiros privata hem och att en chaufför skulle komma och hämta honom.

Gustave sökte upp James för att ta adjö. Han berättade inte alla detaljer, uteslöt namn och adresser. I stora drag talade han om vad han ämnade göra de närmaste dagarna. Han berättade att han bestämt sig att inte återvända till prästseminariet och att han skrivit ett brev till kaplanen.

– Jag hoppas allt kommer ordna sig, jag önskar jag hade samma mod som du och sticka härifrån, sa James.

– Låt inte någon annan bestämma över din framtid, lyssna på din inre röst, jag önskar dig allt gott, sa Gustave.

Några timmar senare gled en svart Mercedes med tonade rutor in på Saint Sulpice-gårdsplan. Gustave gick ut till den väntande bilen och möttes av nyfikna och avundsjuka blickar. Med en bugning öppnade chauffören i svart kostym dörren till baksätet och när Gustave satte sig i det mjuka lädersätet kände han sig som en kung.

Chauffören vände sig om.

– Vi har en lång väg framför oss, jag kommer köra hela dagen och halva natten, gör dig bekväm och sov när du vill. I förvaringsboxen finns kylda drycker och en bentolåda.

Efter sju timmar på autostradan med två korta stopp, tog de av motorvägen och körde inåt landet på småvägar. Först genom ett landskap som dominerades av pinjeskogar och därefter kom de fram på slingrande grusvägar till en dalgång omgärdad av ginkgo- och zelkova träd.

– Vi är framme, du ser huset nere i dalen, sa chauffören. Det var inte en slump att Miyaki Ichiro valt att bygga ett hus här, tänkte Gustave. Den stora villan skymdes av trädstammar, grenar och löv och den täta grönskan fungerade som skydd för insyn från vägen.

Två vakter, beväpnade med varsin K-pist, stod vid uppfarten till huset, byggt i västerländsk stil. Ytterligare två vakter stod framför entrén till huset och de bugade sig för Gustave. Det blev ett helt annat mottagande denna gång, eftersom vem som helst inte blev inbjuden till Miyaki Ichiros privata hem. Gustave steg in i entrén och togs emot av en flicka i hans ålder, klädd i en mörkblå klänning.

– Välkommen, du måste vara Gustave, jag ska visa dig pappas kontor.

Han gick efter flickan genom en hall och visades in i ett stort rum i västerländsk stil med hög panel och stuckatur i taket. Golvet täcktes av en persisk matta i grön nyans och i taket hängde en ljuskrona. Flera tavlor var uppsatta på väggarna och medan Gustave betraktade en tavla i expressionistisk stil, kom Miyaki Ichiro in i rummet.

– Välkommen, jaså, du har redan träffat Yuriko, sa han. När Gustave satte sig i en fåtölj hade dottern hunnit servera pappan en kopp te. Sedan vände hon sig mot Gustave och med en gracil handrörelse lät hon honom förstå att tekoppen stod framdukad på bordet.

– Det var inte svårt att hitta personer som var villiga att ge information om mordet på Biederman. Genom mina kontakter har jag fått en god bild vilka som var inblandade.

Miyaki Ichiro berättade att för några år sedan kom två smågangstrar, Masashiro Yasuda och Kazumi Kawashiro, till Yakuzas högkvarter i Tokyo och ville bli upptagna som medlemmar i Yakuza.

– Jag såg direkt att de var två clowner. Som brukligt

när någon ansöker om medlemskap gjorde vi en bakgrundskontroll på dem. De blev inte upptagna i Yakuza eftersom de saknade moral. Vi fick reda på vad de sysslat med under kriget. Båda hade deltagit i massakern i Nanking 1937 och efter kriget hade de sålt utspätt poliovaccin på svarta börsen och hiropontabletter, som de stulit från ett lager, avsett för kamikazepiloter.

Ichiro lutade sig fram.

– Inom Yasuka har vi en hederskodex och det är att inte begå brott mot barn, kvinnor och gamla. Dessa två hade brutit mot samtliga regler, som vi inom vår organisation håller för heliga.

Gustave hade suttit tyst och lyssnat och äntligen hade han fått namnet på den tredje mannen.

– Mannen ni nämnde, Kazumi Kawashiro, lever han, och i så fall var bor han? sa Gustave.

– Han bor på ön Oshima, huset ligger avsides och svårtillgängligt. Så vitt vi vet bor han ensam utan vakter.

Ichiro sa att det fanns få uppgifter om Kawashiros bakgrund. Han hade varit soldat i ockupationsarmén, blivit sårad och hemskickad. Han hade även varit vakt vid Sugamo-fängelset. Tyvärr fick vi inte fram fler uppgifter.

– Jag skulle rekommendera att du låter oss sköta det hela. Jag kan skicka mina bästa män till Oshima, som tar hand om Kawashiro.

– Tack, jag vill ordna saken ensam.

– I så fall skall du få en utförlig beskrivning hur du tar dig till ön och till huset. Jag kan åtminstone hjälpa dig med ett vapen, sa Ichiro.

Han märkte att Gustave såg tveksam ut.

– Jag ska vara ärlig mot dig, jag vill inte att du möter en gangster öga mot öga utan ett vapen.

Ichiro kallade på en vakt.

– Hämta en mindre Nambu till grabben, glöm inte extra ammunition.

Innan de skiljdes instruerade Ichiro Gustave hur man laddade och hanterade en Nambu.

– Glöm inte att vi är släkt med varandra, tveka inte att kontakta mig om du behöver hjälp i framtiden, här har du mitt privata telefonnummer.

Gustave tackade, tog paketet med pistolen och ammunitionen och gick ut till den väntande bilen.

December 1961

18

Båtresan till Oshima tog drygt två timmar. Vädret var soligt, fast det blåste kallt och ute på havet blev det sjögång. Gustave mådde illa men kände sig bättre när fartyget kom i lä av ön. En stund senare lade det till vid kajen.

Vid hamnen stod en buss, beredd att ta turisterna upp på vulkanen Miharayama. Gustave tog fram vägbeskrivningen och enligt anvisningen skulle han ta bussen och stiga av vid en hållplats där det fanns några souveniraffärer och ett café, som serverade mat och dryck.

På slingrande vägar kämpade sig bussen upp mot höjderna. Genom bussfönstret såg Gustave en stor del av ön i fågelperspektiv och även Izuhalvön och Fujiyama långt bort vid horisonten.

Efter tjugo minuters färd vände sig chauffören om och signalerade med en handrörelse att Gustave skulle stiga av vid nästa hållplats.

Gustave ställde sig vid vägkanten och tog fram kartan. För att undvika uppmärksamhet letade han efter en mindre väg till villan. Enligt kartan skulle det finnas en led som gick jämsides med den nya vägen. När han gått några hundra meter vek han av och hittade stigen som var igenvuxen av sly och ogräs. Han snubblade sig fram mellan rötter och stenar som rasat ner från bergssluttningen. Han blev andfådd och satte sig på ett klippblock för att hämta andan. Efter en kort paus fortsatte han vandringen och snart syntes en öppning i buskaget och längre fram såg han en skymt av huset, som i folkmun fortfarande kallades för »Örnnästet«. 1936 hade en excentrisk bankir, som vurmade för allt som var tyskt, låtit bygga en mindre kopia av Hitlers alphus i Berghof. När bankiren avled stod huset tomt, eftersom ingen längre ville förknippas med den berömda förlagan i de bayerska alperna och associationer den väckte. Till slut såldes huset på auktion och Kawashiro köpte huset med pengar han tjänat på svarta börsen.

Gustave hade kommit halvvägs uppför branten och upptäckte konturerna av en människa bakom draperierna, som var fördragna framför fönstren. De sista hundra meterna ökade han på steglängden och var framme vid grusgången upp till huset. Han kände pistolens tyngd i innerfickan av kavajen och för att dölja att den buktade ut, rättade han till kavajslaget och knäppte knapparna.

Porten stod på glänt och i halvmörkret såg han en man som stödde sig på en käpp. Gustave kunde se att mannen var illa däran, händerna skakade, hyn var gråblek och han hostade ihärdigt.

– Jag har väntat på dig, trodde inte du vågade komma hit
   ensam. Jag har fortfarande kontakter i Tokyo.
Han hade inte väntat sig ett sådant mottagande och kände sig avslöjad.

– Kazumi Kawashiro? sa Gustave.

– Det stämmer, det är jag, låt oss vara civiliserade, väl-
   kommen in.
Inne i salongen möttes han av en dunst av öl, sprit och unken cigarettrök. Askkoppar stod fulla och tomma vinflaskor låg kringspridda överallt, döda flugor låg på fönsterbrädet bland vissna blommor och döda krukväxter.

– Jag har ingenting att bjuda på mer än flaskorna på sprit-
   vagnen. Jag förmodar att du inte kommit hit för en ar-
   tighetsvisit.
Gustave valde en fåtölj så att han kunde ha uppsikt på dörren bakom Kawashiro.

– Tror du inte att jag lagt märke till pistolen i din kavaj-
   ficka? När tänker du använda den? Ärligt talat tror jag
   inte att du nånsin stått i den här situationen, än mindre

skjutit en person. Stämmer det inte? Jag bär också på en pistol, du kan vara lugn, jag tänker inte använda den mot dig. Den har jag som sista utväg härifrån helvetet. Jag har inget emot att du skjuter mig direkt. Du behöver inte vara orolig, det finns ingen mer än jag i huset. Jag har skickat iväg alla anställda. Mina dagar är räknade. Det är konstigt hur fort det kan gå. För ett halvår sedan kände jag mig frisk och vid senaste hälsokontrollen får man dödsdomen. De få dagar som är kvar vill jag vara ensam.

Kawashiro hostade och tog fram en blodig näsduk och torkade sig om munnen. Gustave ville hålla samtalet utanför Kawashiros privata sfär för att inte komma honom för nära.

– Du har mäktiga vänner, de var här för att få garantier att du inte skulle råka illa ut. De hade inte behövt komma hit, jag vill dig inget ont. Förresten, du har inte presenterat dig.

– Jag heter Gustave Sorge och var vän med Paul Biederman, som hittades mördad i Hibiya- parken för ett halvår sedan. Jag vet att du på något sätt är inblandad i mordet. Jag vill att du svarar på mina frågor.

Kawashiro tittade ner och skulle säga någonting men hejdade sig. Istället tog han fram en långskaftad pipa, rullade en kula av någonting som såg ut som tobak mellan fingrarna, stoppade in kulan i piphuvudet och pressade ned den med tummen.

– Jag hoppas du inte har någonting emot att jag röker, det är min blandning av opium och cannabis som håller borta smärtan i bröstet.

Han böjde sig över hibachin och höll piphuvudet över de glödande kolen.

– Jag har inget att vinna på att ljuga för dig. Mina sista dagar vill jag leva utan lögner, utan baktankar och inte bedra mina medmänniskor.

Han drog ett djupt bloss på pipan och hostade.

– Jag vet vem du är, din far satt i Sugamo-fängelset då jag jobbade som vakt. Ställ dina frågor. Jag ska försöka besvara dem. Jag vill göra rätt för mig. Vem vet vad som väntar mig då jag kliver över till andra sidan livet.

Gustave kände inte till Kawashiros bakgrund och problemet var om han kunde lita på de svar han skulle få när han ställde frågor till honom.

– Hur lärde du känna Yasuda?

– Före kriget var vi båda inskrivna vid universitetet i Kobe och det var där vi lärde känna varandra.

Kawashiro gjorde en uppgiven gest med ena handen.

– Yasuda var en helt annan människa före kriget. Han var intresserad av litteratur och vi förde intressanta diskussioner kring olika böcker. Det var förresten Natsume Sosekis bok 'Botchan' som inspirerade oss att studera till lärare.

Han svepte i sig glaset med whiskyn i ett enda drag.

– Alla våra drömmar krossades då vi fick inkallelsesedlarna från armén. Vi fick avbryta våra studier och Kobe universitet blev inte vår alma mater.

Gustave blev förvånad över den verserade konversationen. Han hade förväntat sig en råbarkad gangster men Kawashiro talade som en bildad person.

– Vi blev placerade i ockupationsarmén i Kina och det som vi blev beordrade att utföra i Peking vill jag inte berätta om.

– Deltog du vid någon massaker? sa Gustave.

Han försökte möta Kawashiros blick men han vek undan med blicken och nickade.

Gustave skulle ställa en följdfråga men avstod. Troligtvis hade Kawashiro deltagit i massakern på civilbefolkningen vid Marco Polo-bron i Peking.

– Vi blev båda svårt sårade. Det var det bästa som kunde hända oss. Vi slapp strida och fick andra uppgifter.

Några månader senare blev vi hemkallade och tillbringade en månad på ett sjukhus. När vi blev utskrivna från sjukhuset fick vi frisedel från armén. Ingen av oss ville tillbaka till universitetet, därför sökte vi jobb.

Han fick upp en cigarett ur bröstfickan och medan han tände den hostade han intensivt.

– Det fanns inga jobb åt oss och den enda möjligheten att tjäna pengar var på svarta marknaden. Veckor och månader gick och en dag blev vi erbjudna jobb på Sugamo-fängelset.

Sedan berättade Kawashiro hur han och Yasuda via en vaktkollega fick reda på att Sorge hade en stor förmögenhet, som han anförtrodde åt prästen Biederman att förvalta.

– Jag hyste inte agg mot din far och brydde mig inte om varför han satt i fängelse. Jag deltog inte när Kempeitai misshandlade honom under förhören.

Gustave kände ett styng i hjärtat. Han ville höra mer om pappa, samtidigt ville han inte komma för nära Kawashiro. Motvilligt var han tvungen att erkänna att det fanns någonting hos Kawashiro, som gjorde att han tycktes ha någon form av moral. Till slut ställde Gustave den oundvikliga frågan:

– Vem av er dödade Biederman?

– Det skulle vara enkelt för mig att påstå att det inte var jag men du får tro på mitt ord, det var Yasuda. Vi hade övervakat Biederman i flera veckor för att lära känna hans rutiner.

Gustave sökte ur Kawashiros ansiktsuttryck utläsa om han ljög eller inte.

Kawashiro hämtade en ny flaska Suntory från serveringsvagnen, öppnade burken med hiropon och stoppade några tabletter i munnen och svalde den med whiskyn. Sedan berättade han att han visste att Yasuda kunde döda en människa utan minsta betänklighet. Därför fick han

Yasuda att lova att inte ta till våld. Han sa vidare att de kidnappade Biederman utanför hans bostad och lurat honom att tro att de tagit Gustave och i utbyte mot honom ville de ha bankinformationer om Sorges förmögenhet.

– Till en början gick han med på att avslöja detaljer kring din fars förmögenhet. Han misstänkte att vi ljög om din kidnapping. Det var när han frågade vilken hårfärg du hade som Yasuda gjorde bort sig. Han sa att du var blond och då anade han oråd och vägrade svara på våra frågor. Vi stannade till vid Hibiya parken och meningen var att övertala honom att avslöja för oss om bankuppgifterna utan att vi använde våld.

– Men ni lyckades inte få ur honom några uppgifter, eller hur? sa Gustave.

Kawashiro undvek Gustaves blick och tittade ner. Knappt hörbart berättade han att Biederman vägrade prata och då misshandlade Yasuda honom.

– Jag sa till honom att sluta. Jag visste att verbalt hot inte bet på honom. Jag hade glömt revolvern i bilen och gick för att hämta den. När jag sprang tillbaka hörde jag ett skott. Jag kunde inte låta Yasuda komma undan, därför dödade jag honom. Detaljerna vill jag inte gå in på men du har säkert läst polisrapporten. I efterhand förstod jag hur sjuk han var.

Kawashiro gjorde en paus, slöt ögonen och höll näsduken framför munnen.

– Kriget hade förstört oss alla. Var och en som deltagit i krigets fasor har ändå ett moraliskt ansvar att försöka återupprätta människovärdet. Tyvärr gjorde Yasuda inte det. Jag förstår inte hur jag kunde hjälpa honom den gången vi var i Hakone med mannen som våldtagit hans syster. Mannen hade han fått på hjärnan och han var tvungen att fullfölja den plan han gjort upp under fängelsetiden hur han skulle ta död på systerns våldtäktsman.

Kawashiro knackade ur pipan i träkolsfatet och knådade en ny cannabiskula och tände den över glöden.

– Vad som hände i Hakone fick jag inte veta. Några veckor senare läste jag i tidningen om en grotesk upptäckt av en mördad person i Ōwakudani. Jag förstod att Yasuda var kapabel att kunna utföra de mest fasansfulla handlingar som en normal människa inte skulle kunna fantisera eller ens tänkas kunna utföra.

Kawashiro fick en hostattack och han sträckte sig efter en låda och plockade fram en syrgasmask. Utan att fästa den över ansiktet höll han den framför munnen och tog några djupa andetag.

– Jag har inte alltid varit kriminell. Jag hade tänkt mig en lärarbana. Efter kriget var jag ett vrak, allt hopp var förlorat och framtidsdrömmarna krossade.

Gustave hade lyssnat på Kawashiro och hade svårt att acceptera känslorna för honom. Han hade kommit för att hämnas en vän och insåg att Kawashiro inte var en ond människa. Det fanns någonting hos honom som gjorde att han vacklade och att han inte skulle kunna skjuta honom. Han bestämde sig för att lämna huset och reste sig från fåtöljen.

– Ska du gå redan? Ska du inte slutföra det du kom hit för?

Gustave svarade inte utan gick mot entrén och lämnade huset. När han gick nerför grusgången hördes ett skott. Han stannade till och gick tillbaka mot huset. Han tog några steg, tvärstannade och vände, stod stilla några sekunder, sedan gick han vidare ner för stigen och andades in den ljumma, salta luften, blandad med doften av pinjeträden och lyssnade till cikadornas sång.

December 1961

19

Gustave satt på tåget till Tokyo på väg till Natsume. Tågets monotona rörelser gjorde honom dåsig. När han slöt ögonen tänkte han tillbaka på tågresorna han gjort tillsammans med mamma när han var liten. Han tyckte om att åka tåg och titta ut genom fönstret och fantiserade om allt möjligt, samtidigt som han kände sig trygg hos mamma som satt mittemot. Nu satt han och tittade tomt på landskapet som flöt förbi. Mörkret föll allt tätare utanför och han kunde endast se de genomskinliga återspeglingarna av sina egna ansiktsdrag i tågfönstret.

Han tänkte på vad han varit med om. Han slöt ögonen och såg hela scenen framför sig. Suddiga bilder flimrade förbi, ett skott ekade, han såg Kawashiros huvud sprängas och hjärnsubstans, vävnad och benflisor stänkas genom luften. Han mådde illa och öppnade kupéfönstret för andas in frisk luft.

Var känslan han hade efter mötet med Kawashiro beviset på att han fått hämnd? Han ville inte använda ordet 'hämnd', som för honom representerade primitiva känslor och som kunde associeras till utryck som 'öga för öga, tand för tand'. Han ville istället motivera för sig själv att det han varit med om under dagen innebar istället en upprättelse av en moralisk rättvisa, utdömd av en fiktiv domstol. Men han visste att han ljög för sig själv när han resonerade på det viset, för innerst inne kände han en slags inre ro att nu var allt över och att han gjort det rätta – det enda han kunnat göra för en vän.

Gustave kände igen siluetten av Tokyo på långt håll med dess moderna skyskrapor och betongbyggnader och gjorde sig i ordning att stiga av tåget. Natsume hade flyttat och skaffat sig en ny lägenhet. Han tog fram lappen med den nya adressen och efter att han frågat sig fram befann han sig mitt i myllret av människor i ett typiskt studentkvarter med små billiga matställen och terestauranger, bodar med frukt, grönsaker och fisk och den ena boklådan efter den andra med nya och antikvariska böcker. Studenter trängdes vid hyllor och bord för att välja och vraka bland böckerna.

Efter ett tag kom han fram till en labyrint av gator, som tidigare varit ett område där prostitution varit tillåten. Han vek av in i smal gränd och befann sig bland ett gytter av små barer, hörde brottstycken av musik från ölhallar och det smattrande och ringande ljudet från pachinko-hallarna. Spelarna såg ut som drogade vid varsin maskin och tycktes helt uppslukade av det glödande begäret att kamma hem en vinst. Till slut hittade han adressen, ett hyreshus inklämd mellan en strippklubb och en biograf med grälla affischer av nakna kvinnor.

Gustave gick uppför den skrangliga trappan till andra våningen och knackade på. Natsume blev glatt överraskad över att se sin vän.

– Du ser ut att vara helskinnad, jag har varit orolig för dig, kom in.

Gustave tyckte vardagsrummet kändes ombonat och trivsamt med en blandning av västerländska möbler och handmålade japanska tavlor. Över skrivbordet hängde ett bleknat fotografi, som föreställde ett ungt par under ett blommande körsbärsträd.

– Är det dina föräldrar på fotografiet? sa Gustave.

– Det är den enda bilden som jag har på mina föräldrar. När jag var tre år omkom de under bombräderna över Yokohama. Mina farföräldrar tog hand om mig, som du vet.

Natsume pekade på sin mamma på kortet.

– Visste du att våra mammor kände varandra under kriget? sa Natsume.
– De jobbade på samma bar i Tokyo. Det var på en tysk bar och det var där som mamma träffade min pappa, sa Gustave.
   De slog sig ner i varsin fåtölj sedan Natsume hämtat två flaskor öl från kylskåpet.
– Berätta, hur gick det? sa Natsume.
Gustave sammanfattade kort mötet med Kawashiro och vad som hänt när han lämnat huset.
– Du gick inte tillbaka till huset när du hörde skottet?
– Jag ville komma därifrån. Jag är inte säker på att han sköt sig själv men det är det troliga scenariot. Tycker du att jag ska kontakta polisen?
– Du kommer bli indragen i en lång process, som inte leder någon vart. Lyd mitt råd, strunt i det.
– Du har kanske rätt, men jag tänker på den moraliska aspekten, hade Biederman tyckt att jag handlat rätt?
Natsume satte handen under hakan och såg fundersam ut.
– Gustave, det är dags att du står på egna ben, jag vet att Biederman betydde mycket för dig, men det är endast du som har ansvar för ditt eget liv och som kan avgöra vad som är rätt eller fel.
Gustave lutade sig bakåt i fåtöljen, slöt ögonen en stund.
– Du har rätt, vad du försöker säga till mig är att jag ska lägga detta bakom mig och sikta in mig på framtiden.
– Vad tänker du göra då?
– Jag har beslutat lägga av med präststudierna och satsa på någonting annat. Att vara intresserad av livsfrågor behöver inte leda till att bli präst. Visste du att Biederman försökte avråda mig att studera till präst.
– Vad tänker du hitta på då?
– Den närmaste tiden kommer jag att ha mycket att göra med testamentet. Jag ska ha ett möte med min bank-

man på Nippon Ginkō om några dagar. Vad har du för
planer själv då?
– Jag fick ett brev från Polishögskolan att jag blivit antagen. Jag är tveksam inför min framtid. Jag trivs som
journalist och funderar på att fortsätta ett tag till. Dessutom har jag träffat en flicka, en kollega, hon är utbildad journalist och har jobbat några år.
– Du kan vara lycklig att du träffat en tjej, jag saknar fortfarande Sarah.
– Kan du inte åka till henne då?
Gustave slog ut med armarna.
– Om jag visste att hon fortfarande tycker om mig, men
det största hindret är avståndet.

Sedan övergick samtalet till att handla om deras uppväxt
i Yokohama, hur de lärde känna varandra och de första
åren på Saint Joseph. När de blickade tillbaka förstod de
hur mycket de hade gemensamt. De pratade om hur de
brottades med utanförkänslor och främlingskap och att
de inte blivit accepterade i det japanska samhällets gemenskap. Natsumes mamma var koreanska och som son
till en 'zainichi', en som tillfälligt vistas i Japan. Likadant
var det för Gustave, som räknades som en 'gaijin', en främling i Japan, en 'icke-japan'.
   Det hade blivit sent och det var dags för Gustave att åka
hem till sin mamma. Han ville inte åka hem till Yokohama
och behöva svara på massa frågor. Helst av allt ville han
lämna allt det gamla bakom sig och börja på nytt i ett annat land. När Gustave skulle lämna lägenheten frågade
Natsume:
– Vad har du för planer den närmaste tiden?
– Gustave vände sig om med ett leende.
– Undrar hur vädret är i Nya Zeeland.

Ord och uttryck i romanen

Asahi Shimbun	Japansk dagstidning
Bentolåda	Lunchlåda med inbyggda fack
Blå Ängeln	Roman av Heinrich Mann. Originaltitel: Professor Unrat. Filmatiserades 1930 med Marlene Dietrich i huvudrollen.
Botchan	Används i familjära sammanhang. Förr kunde ett hembiträde kalla sonen i familjen för 'botchan'. Inom familjen kallades även den yngste sonen för ´botchan´. Botchan är även titeln på en av de mest kända romanerna i Japan, skriven av Natsume Sōseki.
Bushido	Det japanska ordet för den hederskodex som samurajerna följde
Daibutsu	Ett japanskt ord som betyder ´stor Buddha´ .
Entartete Kunst	Nazitysklands benämning på degenererad konst.
Frankfurter Zeitung	Tysk tidning 1856-1943
Fukāmigasa	Stråhatt som täcker ansiktet
Futon	Japansk madrass
Gaijin	'utlänning', 'icke-japansk'

Genkan	Utrymmet direkt anslutning till ingången, slags 'hall' där man tar av sig skorna.
Ginkō	Bank
Hibachi	Kruka med glödande kol
Hiropon	Metamfetamin
Jigoku	Helvete
Kabayaki	Grillad ål
Kadomatsu	Japanska dekorationer gjorda för nyår
Kamishibai	Japansk berättarform, där bilder visas i ett speciellt »teaterskåp« av trä
Katana	Det större svärdet i samurajens svärdpar
Kempeitai	Japanska arméns militärpolis mellan 1881-1945
Nambu	Halvautomatisk pistol
Nisei	En japansk term, som betyder 'andra generationen'. Amerikaner av japansk härkomst, födda i USA och barn till japanska immigranter.
Pachinko	Ett japanskt automatspel
Saint Joseph College, Yokohama	Katolsk internationell skola mellan 1901–2000
Seppuku	Även kallad 'harakiri', japanskt sätt att begå självmord

Wakizashi	Det mindre svärdet i samurajens svärdpar
Yakuza	Den organiserade brottslighet som finns i Japan
yami-no-onna	'Yami' betyder mörker, 'no' används som genitivpartikel och indikerar ägande, 'onna' betyder kvinna. yami-no-onna betyder ordagrant 'mörkrets kvinna' i betydelsen en 'prostituerad'
Yubitsume	Japansk ritual för att gottgöra ett brott mot ledaren
Zainichi	Boende i Japan av utländskt ursprung, avser främst koreaner

Ett tack till

Min fru Elisabeth för stöd och samtal och konstruktiva kommentarer kring arbetet med romanen.

Vännen Roger Gourdon, auktoriserad translator och terminolog, för korrekturläsningen av min roman.

Yusuke Nosaka, Kurator vid Hakone Museum of History and Folklore, för viktiga upplysningar om vägförbindelser till Hakone på 1950- talet fram till 1960- talet.